岳南趣讲大师

岳南 著

浙江教育出版社 · 杭州

目录

序言

第一章 文人逸事，话不完

第二章 大师的学问，把知识讲成段子

第三章 先生风骨，大师之“大”

第四章 文人自古相轻，文坛亦江湖

第五章 师与生，情与义

第九章 西南联大往事

序言

记得有一年八月，我去拜访岳南先生。

他家里摆设古朴，进门右手边就是一排书架，上面摆放的图书大多数是他的作品，目测已是著作等身。书房门半开着，门上贴着《南渡北归》的海报——当时，这部堪称“民国版《人类群星闪耀时》”的作品，刚刚上市不久。

从阳台远眺，可以看到鸟巢和水立方。在客厅临窗的桌边，我们促膝而谈，洗盏更酌，空调吐出冷气，茶杯冒着热气，傍晚时分，夕阳照射，满屋子熠熠生辉。

说起民国的大师，岳南先生一口气说到了天黑，我听得入迷忘倦——不仅仅是因为他的讲解生动有趣，更重要的是他在讲述大师的命运，而人的命运，往往可以超越时光，引发情感共鸣。

不久之后，《南渡北归》就彻底火了，畅销程度简直匪夷所思，靠口碑发行数百万册，开启读史新潮流。据我所知，就连莫言、杨振宁等大师都成了《南渡北归》的读者，岳南先生也凭借此书，连续两年登上作家富豪榜，受到海内外瞩目……

眼前这部《岳南趣讲大师》，我感觉更像是青少版《南渡北归》，全书轻松好读，短小精悍，“趣讲”两字，名副其实。鲁迅先生讲“俯首甘为孺子牛”，岳南先生呕心沥血，将《南渡北归》精编改写，使之适合孩子们阅读，这何尝不是“俯首甘为孺子牛”？

我相信，青少年阅读这部作品，会被大师们的故事感动，获得精神成长。我更相信，今天的青少年，就是未来的大师。

作家富豪榜创始人

吴怀尧

第一章

文人逸事，话不完

01 王国维“人不可貌相”

王国维，民国时期被奉为学界泰斗的国学大师，先生撰写的《人间词话》一书近年来受到众多诗词爱好者的追捧。对于王国维的诗词作品，胡适当年略带调侃地评价说：“（王国维）人很丑，小辫子，样子真难看，但光读他的诗和词，以为他是个风流才子呢！”那么王国维长什么样子呢？从照片上看，脸黑黄，八字须，头戴瓜皮帽，身后拖着一条小辫子，一副很郁闷的样子。与王国维相熟的鲁迅说他“老实得像火腿一般”。

正所谓“人不可貌相，海水不可斗量”，王国维虽然相貌不“高”，但学问高，其对出土的甲骨文和传世金文的研究成果，一下子将中国有文字可考的历史向前推进了近一千年。陈寅恪评价其学问“几若无涯岸之可望，辙迹之可寻”，敬佩不已。

王国维作为一流学者，当年受聘至清华国学研究院担任导师还有一段小插曲。王国维是清朝遗老，做过紫禁城的南书房行走，也就是末代皇帝溥仪的老师，思想比较守旧，对新派学人那一套礼仪很是抵触。为了顺利聘到这位大师，国学院主任吴宓教授来到他的家中，先行三拜如仪大礼，然后再慢慢提出聘请之事。王国维事后对人说，原想来的是一个西装革履，握手对坐之少年，这样的话，自己不会答应。想不到还是老礼，于是决定就聘。

王国维受聘清华后，梁启超、赵元任、陈寅恪也陆续就聘，遂有了名动天下的清华国学研究院“四大导师”。这四位教授，只有赵元任一人拥有美国哈佛大学博士学位证书，而王、梁、陈三位，均无硕士、博士头衔，较为年轻的陈寅恪连个学士学位也未拿到。梁启超的“文学博士”称号，则是他到清华国学研究院任教之后由美国耶鲁大学赠予的。尽管头上没有金光闪闪的博士帽子，但三位学贯中西，是当之无愧的学术大师。

02 鲁迅的戏谑与滑稽

鲁迅性情刚烈，著书作文亦铿锵有声，这样一个严肃的人，其实也有滑稽、幽默的一面。

鲁迅住在北京绍兴会馆时，夜晚被叫春的猫吵得无法入眠，便与其弟周作人搬凳子，抄竹竿，爬到院墙头上做棒打鸳鸯的事情。

还有一回，沈尹默去绍兴会馆看鲁迅，碰巧有人在墙边小便，他看见鲁迅正用一弹弓聚精会神地射此人的屁股。尿者中弹后，捂着屁股，提着裤子，龇牙咧嘴地四下寻找作怪的人，然鲁迅却躲在窗子后边从小孔里观望，捂嘴偷笑。

著名的“北师大风潮”之后，鲁迅受林语堂之聘，南下厦门大学任教。此时厦门大学草创不久，房舍不全，学校管理有些混乱，住在宿舍的教员若想方便，需到一百六十步之外的厕所解决。鲁迅对此等情形极度厌恶又无可奈何，遂生一对策。天黑之后，校园寂静无人，就在宿舍楼下的草地上找棵树就地解决。有时风大天冷，鲁迅干脆在屋里找个瓷盆解决，等到夜半，打开窗子，见四下无人，哗的一下泼于窗外，然后迅速关窗，继续作那些为正人君子之流所深恶痛绝的文字。这个举动，按鲁迅的说法:“虽然近于无赖，但学校的设备如此不完全，我也只得如此。”

03 陈寅恪进清华的隐秘

清华国学院四大导师之一陈寅恪懂二十多种外语，精通十几种文字，曾留学海外十六年求取学问。在中国历史上，留学十六年之久的名人有两个，一个是“西天取经”的唐僧玄奘，另一个就是陈寅恪。

陈寅恪在柏林大学留学的时候，清华大学正筹办国学院，急需人才，梁启超便向校长曹云祥推荐了陈寅恪。校长问:“他是哪一国的博士？”梁答:“既不是博士，也不是学士。”校长又问:“他有没有著作？”梁答:“也没有著作。”校长面露难色地说:“既不是博士或学士，又没有著作，这就叫我为难了。”梁生气地答:“我梁某也不是博士，著作算是等身了，可总共还不如陈先生几千字有价值。你不请，就让他在国外吧。”接着梁启超又列举了柏林大学、哈佛大学、牛津大学等高等院校正争相聘请陈寅恪当教授的事。

曹校长一听，外国人都如此尊崇，证明此人确有真才实学，了不得，那就赶紧聘请吧。于是，没有文凭，也没有著作的陈寅恪就这样进了清华园，成为闻名天下的清华国学院四大导师之一。

04 闭眼上课的陈寅恪

抗战爆发后，陈寅恪来到昆明的西南联大，由于兼职的关系，住进了中央研究院史语所在昆明租赁的靛花巷青园学舍——这是他自北平与史语所同人分别四年多来的首次相聚。陈寅恪居住的靛花巷青园学舍临近昆明城北门，联大教室则位于文林街，每逢上课，陈寅恪都需步行一里多路到校。此时他的右眼视网膜剥离，仅剩左眼视力能勉强看书授课，但他仍像当年在清华园一样，每次上课都用一块花布或黑布，包着一大包书向教室匆匆走去，至时满头是汗，却从不迟到。有学生不忍见一只眼睛已盲的史学大师如此辛苦劳累，主动提议每到上课时前去迎接，并帮助拿书，遭到婉拒。据一位学生回忆："陈先生上课一丝不苟，多数时候先抄了满满两黑板资料，然后再闭上眼睛讲。他讲课总是进入自我营造的学术语境或历史语境，似乎把世事都忘得一干二净。某日，第一只脚甫踏入门，距离黑板尚远，陈师即开始讲述，谓'上次讲的……'随即走近桌旁，放下书，就坐于面对黑板、背朝学生之扶手椅上。讲述久之，似发觉座位方向不对，始站起身搬转坐椅，而做微笑状。有时瞑目闭眼而谈，滔滔不绝。"

此时在北大文科研究所任助教的邓广铭仰慕陈寅恪的才学与声名，经常跑到联大教室旁听，获益颇丰。对此，邓氏回忆说："虽然因为我的根底太差，对陈先生所讲授的未必能有深切的体会，但反思在那一年多的时间之内，我在治学的方法方面所受到的教益，较之在北大读书的四年所得，或许可以说是有过之而无不及。"

05 陈寅恪眼睛失明的根源

史学大师陈寅恪晚年失明髌足，倍感痛苦却笔耕不辍，耗二十年之功，写就巨著《柳如是别传》，为人类文化留下一瑰宝，令后世史学家感动不已。那么陈寅恪失明的原因是什么呢？

据陈寅恪长女陈流求说，“父亲出身于一个书香世家，家中藏书丰富，自五六岁入家塾启蒙后即嗜好读书”，从而影响了视力。后来，陈寅恪突患右眼视网膜剥离症，关于此事，据陈寅恪在成都燕大任教时的助手王钟翰回忆说：“先生一日见告，‘我之目疾非药石所可医治者矣，因龆龄嗜书，无书不观，夜以继日，旧日既无电灯又无洋烛，只用细小油灯藏于被褥之中，而且四周放下蚊帐，以免灯光外露，防家人知晓也，加以清季多有光纸石印缩本之书，字既小且模糊不清，对视力最有损伤，而有时阅读爱不释手，竟至通宵达旦。久而久之，形成了高度近视，视网膜剥离，成为不可幸免之事了’。先生语毕，不胜感慨系之。”

尽管陈氏自知“目疾非药石可医治”，但后来还是抱着一线希望去英国医治，只是被他自己不幸言中，外科手术终告失败，终致一代史学大师双目失明，成一大悲剧。

06 章太炎到死不承认甲骨文

章太炎，晚清民国时期著名的国学大家、金石学家兼革命家，在日本东京办过报，是孙中山的好友。当时许多文化学术界名人都是他的学生，如钱玄同、黄侃、沈兼士，还有大家熟悉的鲁迅、许寿裳、刘文典等。章太炎的社会地位可谓一代士林盟主，他很受各界人士敬重，又因其平时狂傲不羁，不按常理出牌，江湖上人送外号“章疯子”。

章太炎虽学问了得，但在甲骨文的问题上却见识浅薄。比如说，当年在安阳出土的甲骨文，这是探寻研究商代王朝极为重要的史料，但章太炎不相信，认为这种文字不见于传统文献，又认为乌龟壳乃是速朽之物，埋在地下不可能长久，哪有存四千多年还不腐烂的道理？章太炎坚持认为出土的甲骨文都是奸商们鼓捣的假冒伪劣产品，信它就是替骗子张目的妄人。也正是出于对甲骨文的鄙视，章太炎拒绝了清华国学研究院的聘请，为的就是不跟以研究甲骨文而闻名于世的王国维同校共事。

章太炎不但不相信甲骨文，还反对任何学术方面的甲骨文研究。如此一来，就逼得他的弟子造起反来。有一次，章太炎过生日，他的得意弟子黄侃送了一份礼物，红纸包扎、长方形状，像一盒点心。等过后章太炎打开一看，原来是甲骨文研究专家罗振玉撰写的《殷墟书契前编》。

章太炎大为恼火，大骂黄侃不是东西。不过他没有把这份礼物扔掉，而是放在床头不时翻阅，但最后仍认定甲骨文是假古董、伪学问、不值一提的臭狗屎。直到死，章太炎对甲骨文的态度仍未改变，可谓带着花岗岩脑袋去见上天了。

07 未名湖是谁命名的

北京大学是中国的高等学府，校园也漂亮得很。不过，这个校园，原来是美国人创办的教会学校燕京大学的校址，1952年燕大被撤销，北大才从城内的沙滩红楼搬了过来。

据史学家钱穆说，校园中的建筑和未名湖之命名，是他向当时的校长司徒雷登提的建议。有一天，司徒校长请客，钱穆作为新来的教授也被邀敬陪末座。席间，钱穆聊起了校内楼房的命名问题，说："我一入校门即见'M'楼、'S'楼，这是何义？所谓中国化者又何在？应该以中国特色命名。"众座默然。

后来，燕大特为此开校务会议，遂改"M"楼为"穆"楼，"S"楼为"适"楼，"贝公"楼为"办公"楼，其他建筑一律赋以中国名称。园中有一湖，竟相提名，皆不合适，最后钱穆说干脆叫未名湖吧，于是就以此名相称了。

未名湖

08 胡适差点当了清华校长

很多人知道胡适以北京大学校长而闻名，却不知他差点当了清华大学的校长。

1931 年，清华大学因校长人选问题发生学潮，师生希望在周诒春、赵元任和胡适中挑选一位出任校长，但政府以赵元任“非办事人才，胡适议论乖谬，碍难予以任命，而周诒春又坚辞不就”为由，否决了师生的意见。

稍后，蒋介石在接见清华学生代表时表示:“政府非不欲容纳学生意见，但先征周诒春未得同意，胡适系反党，不能派。”消息见报后，胡适在日记中只写下这样一句话:“今天报载蒋介石给了我一个头衔。”

当时胡适正和蒋介石政权闹别扭，起因是 1929 年胡适在《新月》上发表《人权与约法》《我们什么时候才可以有宪法》等文，上海市特别党部呈请将胡适撤职查办。国民政府教育部发布对胡适的警告令，所以胡适没当上校长。

后来，在教育部部长李书华的力荐下，当时在美国做留学生监督的梅贻琦回国当了清华校长。

09 梅贻琦的性格

多年的校务历练经验，与前几任校长被清华师生驱逐的前车之鉴，令1931年出任校长的梅贻琦对校务处理特别小心慎重，每遇事则多方考虑，绝不轻率表态，且大多采取“吾从众”的态度予以处置，因而被师生称为“寡言君子”（gentleman of few words）。直至《清华副刊》上出现了一首打油诗，标题是《赋得000》，诗曰：

大概或者也许是，不过我们不敢说。可是学校总以为，究竟仿佛不见得。

此乃学生讽喻梅贻琦说话慎重，或是“无为而治”的形象。后来这首诗在清华乃至西南联大广为流传，成为体现梅贻琦性格与处事风格的一个标志性符号。当然，这里头包含的幽默成分颇大。

梅贻琦去世三年后，与梅共事多年且私交甚笃的原清华大学外文系教授叶公超在回忆文章中评价梅，说：“梅先生是个外圆内方的人，不得罪人，避免和人摩擦；但是他不愿意做的事，骂他打他他还是不做的。”短短几语，道出了梅贻琦的典型性格和内在本质。

10 梅贻琦打退堂鼓

清华老校长梅贻琦，早年求学时作为庚款第一期留美生出国深造，1915年回国不久即到清华学校任教。当时洋人教员住北院“美国地”，每人拥有一座有七八个房间的上等小别墅。华人教员地位低下，除薪水比洋教员少一大截，还集体暂住在以工字厅为主体的古旧建筑附属院落——古月堂。梅贻琦的安身之地是堂内一间侧室的小平房。

梅贻琦在美国学的是电机专业，在清华教“普通科学”。学生上他的课觉得很有意思，讲到爆竹怎么会响，从物理方面做解释，透彻明了。每当深夜万籁俱静，总是能从窗帘透出的灯光中，看到他专心致志、埋头备课的身影。

可能因为经济贫困，或孤寂烦恼，半年之后，梅贻琦于清华寒假回津，产生了打退堂鼓的想法，但被张伯苓所阻止。据梅贻琦夫人韩咏华说：“半年后放假时，月涵回天津去见张伯苓先生，表示对教书没什么兴趣，想换个工作。张先生说：‘你才教了半年书就不愿意干了，怎么知道没兴趣？青年人要能忍耐，回去教书！’月涵照老师教导，老老实实回京继续在清华任教。这是他晚年在美国闲居时告知我的一段趣闻。我说：‘这可倒好，这一忍耐，几十年、一辈子下来了。’”

11 梅月涵与梅悦韩

梅贻琦，字月涵，当年与韩咏华都在严修与张伯苓办的学校大、小班读书，只是男女有别，梅贻琦比韩咏华大四岁，双方没有实质性交往。待梅贻琦留学归来，在天津基督教男青年会任干事，才与幼师毕业的韩咏华正式相识。经过二人共同的老师严修老先生从中说和，梅、韩二人就缔结了婚约。

许多年后，韩咏华说："当时，严老先生跟我父亲谈，后又跟我哥哥谈，最后由我表哥和同学出面，请我们吃了一顿饭，梅先生参加了。事后梅先生给我写了一封信，由同学转交给我。我把信交给父亲看，父亲说：'不理他。'所以我就没有写回信。不久后，梅先生又给我的同学写信，责怪说：'写了信没得回音，不知是不愿意，不可能，还是不屑于……'我又把这封责问信给父亲看。父亲却出乎意料地说：'好，好，文章写得不错。'父亲因此同意了。

"我们订婚的消息被我的同学陶履辛（陶孟和的妹妹）听到后，急忙跑来对我说：'告诉你，梅贻琦可是不爱说话的呀。'我说：'豁出去了，他说多少算多少吧。'就这样，我便开始了和沉默寡言的梅贻琦四十三年的共同生活。"

梅、韩结婚，清华教员参加婚礼，在所送对联中把上款的"月涵"题成"悦韩"，梅贻琦一看，说"这个改得好"，高兴地"笑纳"了。

12 梅贻琦夫人制卖定胜糕

西南联大校长梅贻琦的太太制卖定胜糕的故事，知道的人越来越多，但是到底为何制作定胜糕，却不见得都了解。

1941 年，抗日战争进入第十个年头，也是最艰苦的时候。此时西南联大教授的月薪只够维持半个月的伙食，剩下的半个月只能另想办法，且多靠夫人们操劳。教授的夫人来自五湖四海，为了吃饭，开始“八仙过海，各显神通”。有的织围巾，有的做帽子，也有的做一些小食品拿到街上叫卖，梅贻琦夫人韩咏华就卖定胜糕。

起初，因韩咏华的年岁比别的太太大一些，视力也不是很好，只能帮着别人做做围巾穗子，后来经庶务赵世昌介绍做糕点卖。赵世昌是上海人，教韩咏华做上海式的米粉碗糕，用潘光旦的太太磨好的七成大米、三成糯米的米粉，加上白糖和好面，用一个银锭形的木模子做成糕，两三分钟蒸一块，取名“定胜糕”，即抗战一定胜利之意。

梅贻琦校长不同意他们在清华办事处操作，他们只好到地质系教授袁复礼太太家去做。糕点做成，由韩咏华挎着篮子，步行四十五分钟到冠生园寄卖。卖糕时，韩咏华穿蓝布褂子，自称姓韩而不说姓梅。尽管如此，还是有人知道了梅校长夫人挎篮卖定胜糕的事。由于路走得多，鞋袜又不合脚，有一次把脚磨破，感染了，小腿全肿起来了。

尽管如此，生活还是捉襟见肘，按照韩咏华的说法：“经常吃的是白饭拌辣椒，没有青菜，有时吃菠菜豆腐汤，大家就很高兴了。”

定勝
定勝
定勝

13 梅贻琦典当衣服

抗日战争爆发后，西南联合大学转移至昆明继续开课。战时条件艰苦，当时联大学生住的是梁思成设计的茅草房，而作为一校之长的梅贻琦，全家在城内龙院村一幢年久失修的小土楼租房居住，梅家住一楼，联大图书馆职员唐冠芳一家住楼上。

有一天中午，二楼的唐太太一家吃完午饭，正收拾桌椅、扫地，忽听见楼下的梅家三姑娘高声喊道："唐太太，你别扫了，我们在吃饭！"原来，土砟与灰尘随着扫帚起伏从楼板的裂缝撒了下去，成为梅家饭菜的"辣椒面"了。

条件简陋，更要以积极心态面对。当时清华校友、时任中山大学史学系教授的罗香林，因公事来到昆明，遂借短暂休整空隙前往联大拜谒老校长梅贻琦。在交谈过程中，梅贻琦以乐观的态度对罗香林说："教书，诚然辛苦，但也还有喜乐。只要我们忍耐下去，环境总会好转的。"

第二天上午，罗香林将起程去澄江，梅贻琦亲自前往旅店回访罗香林这位老学生。当时梅贻琦身上带了一包冬天的衣服，罗香林问起缘由，梅贻琦解释说要顺便去典当，因为联大最近的教职工薪水还没发，只好先自典当些物品以周转。罗香林听后感慨到几乎落泪。

后来罗香林回忆说："梅先生主持这么庞大的学校，还要以典当接济生活，这一方面固然显示时局的艰难，另一方面更显示梅先生的高风亮节。"

14 傅斯年自嘲是三等人才

傅斯年一生亦官亦学，霸气逼人。当初他在北大上学的时候，毛泽东正在图书馆当助理员，想跟傅斯年说几句话，对方总是鼻孔朝天，牛气哄哄，不予理睬。步入社会后的傅斯年，很多官僚与学界中人都怕他，别说四大家族的孔祥熙、宋子文了，就是在蒋介石面前，他也经常跷二郎腿与之说话谈事。

但有一个人不但不把傅斯年的傲气当回事，还想法损他，这个人就是中央研究院史语所研究员、语言学家李方桂。

话说抗战时期，以傅斯年为所长的中央研究院史语所辗转南迁到昆明郊外的龙头村驻扎，因语言组主任出缺，正好李方桂自美国讲学归队，傅斯年就想请李方桂当主任兼代理所长。

想不到话一落地，李方桂竟毫不领情地说道："在我看来，研究人员是一等人才，教学人员是二等人才，当所长做官的是三等人才。"

傅斯年一听，顿时面红耳赤，张口结舌说不出话。他知趣地对李方桂躬身作了一个长揖，退出说："谢谢先生，我是三等人才！"

15 傅斯年帮陈寅恪躲空袭

抗战期间，中央研究院史语所避难昆明，并租赁了昆明靛花巷青园学舍作为师生宿舍。这栋小楼共分三层十八间，北大文科研究所的研究生住在三楼两间大房里，外加两小间。兼任导师陈寅恪、汤用彤、罗常培等住在楼上，其他为中研院史语所人员居住。

当时敌军时常轰炸昆明，为躲避空袭，所长傅斯年命人在学舍楼前挖了一个大土坑，上盖木板以作防空洞。但坑里经常水深盈尺，住在三楼的陈寅恪一遇到警报，只好带着椅子坐在水里，一直等到警报解除。为此，陈寅恪曾专门作过一副带有调侃意味的对联:“闻机而坐，入土为安。”“机”，是指日本的飞机,“入土”者，入防空洞也。每次警报一鸣，众学者向防空洞奔跑，以期尽快“入土为安”。

当时，身体虚弱的陈寅恪不但右眼已经失明，左眼也开始患疾，视力模糊，行动极其不便。陈寅恪又有睡早觉和午觉的习惯，傅斯年怕他听不到警报或听到警报又因视力不济遭遇危险，因此，每当警报响起，众人大呼小叫地纷纷向楼下奔逃时，傅斯年则摇晃着肥胖的身躯，不顾自己极其严重的高血压和心脏病，喘着粗气向楼上急奔。待跑到三楼把陈寅恪小心地搀扶下来，送进防空洞，傅斯年这才敢长舒一口气，放了心。

16 傅斯年为梁思成一家写求助信

抗战时期，梁思成一家随中国营造学社流亡四川宜宾李庄镇，战时生活极其艰苦，梁思成把皮鞋、手表，甚至美国友人费正清赠送的一支自来水笔都卖掉，仍不能维持最低的生活开销。

同时流亡到李庄的傅斯年看不下去，直接给中研院院长朱家骅和蒋介石写信求援，略谓林徽因得了肺结核卧床两年矣，梁思成的胞弟、中国第一代考古学家之一的梁思永亦蛰住李庄，患严重肺病，急需救济。随信附呈《梁任公长子思成、次子思永在学术上之贡献》一文，历数梁思成、梁思永兄弟在学术上的重大贡献，谓："梁君思成及思永，在近十余年间，皆为中国文化史搜到无上之瓌宝，为国际知名之学人。其治学之精勖与方法之精密，均可开创彼所治科目之风气，故今日声闻国内，驰誉域外。论其成绩，虽百里之程，行未及半，然中国文化史之资料，已为之增益不少，且在若干事上改旧观矣。"

蒋介石接到信件和呈文，深为感动，当即以稿费的名义批拨梁氏兄弟两万元，以示关切。

对于此事，梁家兄弟和林徽因皆不知情，直到接到款子才知是傅斯年背后运作的结果，林徽因给傅斯年写了一封信，表达感激与惭愧之情。信中说道：

"今日里巷之士穷愁疾病，屯蹶颠沛者甚多。因为抗战生活之一部，独思成兄弟年来蒙你老兄种种帮忙，营救护理无所不至，一切医药未曾欠缺，在你方面固然是存天下之义，而无有所私，但在我们方面虽感到 lucky（幸运），终增愧悚，深觉抗战中未有贡献，自身先成朋友及社会上的累赘的可耻。

“现在你又以成、永兄弟危苦之情上闻介公，丛细之事累及咏霓先生（岳南按：翁文灏），为拟长文说明工作之优异，侈誉过实，必使动听，深知老兄苦心，但读后惭汗满背矣！”

17 傅斯年智斗孔祥熙

北大才子傅斯年留洋归国后，除了以学者的身份名世，还以国民政府参政的身份与贪官污吏展开斗争。

据他的老友程沧波说，忽一日，傅斯年论及当时的国民政府五院院长。论孙科，说："犹吾君之子也。"论于佑老，乃是"老党人且是读书人"。论戴季陶，说："阿弥陀佛。"论到孔祥熙，高声呈义愤状："他凭哪一点？"

1938 年 7 月 12 日，傅斯年致书蒋介石，从个人才能、用人问题，以及纵容家人与不法商人勾结发国难财等多个方面，全方位抨击新任行政院院长孔祥熙的恶行。同时千方百计搜集孔氏贪赃枉法、以权谋私的材料，准备在参政会上一齐掷出，把孔氏掀翻在地。

面对危局，蒋介石专门屈尊就驾摆了一桌上等酒席招待傅斯年，并委婉地劝说道："孟真先生你信任我吗？"

傅斯年说："我绝对信任。"

蒋介石见状，轻轻咳了一下，道："你既然信任我，那么，就应该信任我所用的人。"言外之意，就是你也必须信任我的连襟孔祥熙。

傅斯年抬头看了看蒋介石，大声说道："委员长我是信任的。至于说因为信任你也就该信任你所用的人，那么，砍掉我的脑袋，我也不能这样说！"说这话时，傅斯年很激动，脸涨得通红，毫无妥协之意，在座陪客无不为之惊讶。蒋介石沉默了一会儿，点了点头，未再说下去。

1941 年春，傅斯年在重庆遭际丧母之痛，加之感时忧国，为公务奔波忙碌，多年的高血压症暴发，头脑昏眩，眼底血管破裂，情形严重。不得已，暂居重庆郊区山中，借以养病。

其间，傅斯年还是拖着病体，坚持出席了国民参政会议，但仅出席一半议程就因体力不支回到山中继续养病。

此时，傅斯年对所谓的“参政”早已没了兴趣，只因为他的老对头、国之巨贪孔祥熙到处散布流言，谓“听说傅斯年病得要不行了”。言外之意是马上就要断气死掉了。

傅斯年闻知怒不可遏，大骂孔氏是乱臣贼子，混账王八蛋，人人得而诛之等。此次带病出场亮相，完全是为了反击幸灾乐祸的孔祥熙，“盖证明我未死也”。

18 傅斯年庆祝抗战胜利

1945年8月10日下午7时，傅斯年躺在床上养病，突然从收音机里听到日本投降的消息，先是傻子看景一样目瞪口呆，接着顾不得被高血压整得头晕目眩的病体，忽地从床上坐起，穿起鞋子就往外跑。接着方寸大乱，欣喜若狂。站在门口一看，又疾速退回。因一时着急，忘了穿衣戴帽，几乎光着身子蹿了出去。在夫人的帮助下，快速着装打扮。平时滴酒不沾的他，从一个墙角抓起一瓶不知什么时候存放的泸州大曲，摇晃着高大肥胖的身躯再次冲到门外，加入了奔跑欢跳、扬臂高呼的人流之中。

许多年后，同在重庆的罗家伦还记得这幕经典场景。罗家伦在文章中回忆的第一句话就是——“孟真疯了”。接下来说道:“他从聚兴村的住所里，拿了一瓶酒，到街上大喝。拿了一根手杖，挑了一顶帽子，到街上乱舞。结果帽子飞掉了，棍子脱手了，他和民众与盟军还大闹了好一会儿。等到叫不动了，才回到原处睡觉。第二天下午我去看他，他还爬不起来，连说：‘国家出头了，我的帽子掉了，棍子也没有了，买又买不起。唉！’”

19 闻一多的名士做派

闻一多在清华中文系当教授的时候，特别喜欢黄昏之后给学生开课。

据一位学生回忆说：

“初夏的黄昏……七点钟，电灯已经亮了，闻先生高梳着他那浓厚的黑发，架着银边眼镜，穿着黑色长衫，抱着数年来钻研所得的大叠手抄稿本，像位道士似的昂然走进教室里来。当学生们乱七八糟地起立致敬又坐下之后，他也坐下了；但并不即刻开讲，而是慢条斯理地掏出他的纸烟盒，打开来，对着学生们做蔼然的一笑，问道：‘哪位吸？’学生们笑了，自然并没有谁接受这 gentleman 风味的礼让。于是闻先生自己划根火柴点了一支，灯光下阵阵烟雾凸显其道士般耐人寻味的表情。接下来，他像念‘坐场诗’一样，拖着极其迂缓的腔调，念道：‘痛——饮——酒——熟——读——离——骚——方得为真——名——士！’这样地，他便开讲起来。

“显然，他像中国的许多旧名士一样，在夜间比在上午讲得精彩，这也就是他为什么不惮烦向注册处交涉把上午的课移到黄昏以后的原因。有时，讲得兴致盎然，他会把时间延长下去，直到‘月出皎兮’，这才在‘凉露霏霏沾衣’中回到他的新南院住宅。”

对于闻一多的精神气质与拿捏的名士派头，闻一多的好友梁实秋曾感叹道：“黄昏上课，上课吸烟，这是一多的名士习气。我只是不知道他这时候吸的还是不是红锡包，大概是改大前门了。”

20 闻一多卖书换米

1941年秋，闻一多全家搬到昆明北郊一个不大的村子司家营居住，这是闻家在昆明住得最久的一个地方，也是生活最艰难的一段时期。为了养家糊口，闻家除了借贷就是变卖衣物，生活几近陷入绝境。

这年的冬天，为了买米下锅，闻一多把自己身上穿的一件皮大衣送进了当铺。寒风凛冽，他只得以长衫和一件破旧的羊毛衫御寒，不到一个星期就得了感冒病倒在床，妻子高孝贞只好含泪向其他教授借了一点钱，把那件大衣赎了回来。有联大同事看见，寒冬腊月，在微明的晨曦中，闻一多率子女们到司家营村南边的一条小河用冰冷的河水洗脸，处境十分凄凉。

第二年春天，闻家生活实在难以为继，在所有衣物当尽卖空的困境中，闻一多咬牙，决定把自己从北平带来的几本线装书卖给联大图书馆，以换钱买米。一个学者，变卖自己心爱的书籍，不啻挖割心头之肉。当他把几本书捧送到联大图书馆时，满面凄楚地叮嘱管理人员：“一定要把书看好管好，等将来回北平，我一定要把它们赎回来。”话毕，眼里闪着泪光。令他没有想到的是，自己未能回到北平，就被国民党军警特务枪杀了。

21 闻一多刻章

到了抗战中后期，闻一多因家中贫困，开始学刻图章赚钱。先拿石头试刻，能行，再刻象牙，一个小图章费了一整天，右手食指被磨烂，几次灰心绝望，还是咬着牙干下去，最后好在刻成了。慢慢地手艺熟练了，他就靠这吃饭，今天有图章保证明天有饭吃。

虽然多了项手艺，但偶尔也成了烦恼，图章来得少的时候，他着急，因为要挨饿；图章来得多的时候，更着急，为的是耽误他的读书研究工作。但人是铁，饭是钢，买菜、买米都得靠刻图章，一天没有生意，不是借贷，就是由太太和老女佣去摆地摊，卖旧衣旧鞋。有一天，吴晗教授问闻太太，卖了多少，她苦笑一声说:“三十多件破衬衫，卖的钱，反正够明天一天了。”

1944 年 5 月，闻一多决定公开挂牌刻章，当时的清华校长梅贻琦、北大校长蒋梦麟、云南大学校长熊庆来，以及冯友兰、杨振声、朱自清、唐兰、潘光旦、姜寅清、罗常培、陈雪屏、沈从文共十二位联大、云大名流都出面帮忙推介，浦江清教授还拟了一个招揽顾客的广告语：

秦玺汉印，雕金刻玉之流长；殷契周铭，古文奇字之源远……浠水闻一多先生，文坛先进，经学名家，辨文字于毫芒，几人知己；谈风雅之原始，海内推崇……

广告牌挂出，生意比以前红火多了，闻家吃饭有了保障，但闻一多的脊背弯了，手指破了，内心闷积一股怨气，再加上各种各样的环境因素，以至于最后成了“千古文章未尽才”的悲剧英雄。

22 蒋梦麟写回忆录赚稿费

随着抗战持续，中国军民生活越来越艰苦，流亡西南地区的公教人员包括学生吃饭都成了问题。在这种严峻的情况下，联大的教授夫人们利用空闲时间制卖小玩意儿、小糕点以补贴家用，而联大的教授们则是通过撰文出书挣点外快。比如，时任西南联大常委兼北大校长的蒋梦麟便是利用跑警报、钻防空洞的时间，以英文写成了自传体回忆录《西潮》并在美国出版，赚得一笔稿费。

蒋校长以英文写作，目的有二：表面的理由是在防空洞光线不足的情况下，使用英文写出的字较易辨识，但内在的真正动机是为了方便在美国出版。当时蒋梦麟的五个子女都在学校读书，开销颇大，一切费用全靠蒋梦麟的微薄收入艰难支撑。为了接济生活，蒋梦麟在工作间隙开始写作《西潮》，并把稿子陆续寄给驻美大使胡适，希望胡适能校正一下其中的错误，同时设法在美国寻找出版商出版，以便“能赚点稿费养家糊口”。蒋校长认为在当时的贫困处境下，“如能摸几文钱，使全家的灵魂不与体魄分离，已是意外的收获了”。

此书于 1945 年在美国出版后，立即受到美国学术界的高度重视，被哈佛大学远东研究所定为重要参考书之一。十二年后的 1957 年，蒋梦麟把此书译成中文，在中国台湾由《中华日报》出版发行，立即风靡一时，佳评潮涌，尤其是台湾青年，几乎人手一册。在台湾 20 世纪 50 年代的“文化沙漠”里，这部书被当时的年轻人视为“人生教科书”。此乃一意外收获。

23 刘文典怒扇农夫耳光

西南联大刚在昆明组建，因校舍紧张，把文法商学院设在了西南边陲的蒙自县，号称蒙自分校。中文系教授刘文典逃出北平赶来分校后，上课之余，经常与陈寅恪、吴宓等人结伴到郊外散步。一日，几人行至南湖岸边，见一满身泥巴的当地农夫在暴打老婆。刘文典平时最恨强调男尊女卑，不把女人当人看的男人。见那汉子打得凶狠，刘文典激愤不已，走上前去质问为何如此凶悍地殴打一弱女子。那汉子并不解释，气势汹汹地回道："你管不着！"言毕继续挥拳飞脚殴打已倒在地上的女人。

见对方如此刁蛮，刘文典大怒，挺身上前手指那汉子鼻尖骂道："蒙自这地盘上还有我管不着的事？"言毕拉开架势，抡圆了胳膊，狠狠地抽了对方一记耳光。农夫遭此重击，捂脸抬头望着刘文典刚正威严的神态，很像个有来头的绅士，听对方说着北平官话，又自称在蒙自地盘上没有他管不着的事，心生怯意，遂低头弓背溜之乎也。

大家欲转身之际，只见倒在地上披头散发、鼻青脸肿的女人如得神助，忽地立起，张牙舞爪地蹿将上来，一把拽住刘文典的衣袖，质问为什么打她男人，另一只手向刘氏的脖子和脸上抓挠起来。刘文典顿时被弄得目瞪口呆，幸得吴宓和几个游湖的男生一齐围上前来，连拉带拖地将那女人擒住，狼狈不堪的刘文典才趁机灰溜溜地逃脱。

24 刘文典说，不佩服者，王八蛋也

抗战胜利后，在各大学研究机构的北返大潮中，刘文典未与师生同返，而是留在了云南大学任教，且终身未北归。

晚年的刘文典对自己的弟子张文勋等人回忆一生时说:“我最大的缺点就是骄傲自大，但是并不是在任何人面前都骄傲自大。”刘氏说蔡元培、陈独秀、胡适、陈寅恪都是自己一生敬重服膺的重量级人物，且对陈寅恪极为尊崇，不敢有半点造次。刘文典公然坦承自己的学问不及陈氏于万一，并多次向他的学生们说自己对陈氏的人格学问“十二万分地敬佩”。

除了陈寅恪、胡适之类的大师级人物，一些学问渊博的老教授也同样得到了刘文典发自内心的尊重，如 1934 年 10 月 24 日，在北平的刘文典进城遇到清华中文系同事、时年五十岁的语言文字学家杨树达，便主动向前打招呼，并告之曰:“近读《学报》大著，实属钦佩之至。不佩服者，王八蛋也！”

25 林徽因改名的原因

林徽因原名林徽音，“徽音”是美誉的意思，乃其进士出身，后为翰林的祖父林孝恂所取，典出《诗经·大雅·思齐》：“大姒嗣徽音，则百斯男。”可是到了后来，林徽音在文坛上的名声越来越大，却更名为林徽因。

既然“徽音”二字乃引经据典而来，代表着祖辈的殷切期望，何以擅自改之？这就与一位叫林微音的男性作家有关系了。

这位林微音，苏州人氏，是上海一家银行的职员，平时穿着像个男妓，好卖弄风骚，擅长作诗歌美文，一度担任新月书店经理，并与鲁迅对骂过，被鲁迅斥为“讨伐军中最低能的一位”云云。后来投靠侵华日军，沦为汉奸和鸦片鬼。

面对这位林家不肖子孙微音先生的做派与名声，正作为文坛新星冉冉升起的林徽音自是不愿与彼辈为伍，甚至被读者混淆。为避开这位瘟疫一样的唯美主义男作家，彻底斩断误会的源头，林徽音决定改名。

1931 年 10 月，《诗刊》第三期发表了林徽因的诗作，这是林徽因之名首次出现。编辑徐志摩在《诗刊·叙言》中附带发表声明一则：“本刊的作者林徽音，是一位女士，《声色》与以前的《绿》的作者林微音，是一位男士，他们二位的名字太容易相混了，常常有人错认，排印亦常有错误，例如上期林徽音即被刊如‘林薇音’，所以特为声明，免得彼此有掠美或冒牌的嫌疑！”从此，林徽音便正式以林徽因名世了。

对于此事，林徽因曾说：“我不怕人家把我的作品误认为他的，只怕日后把他的作品错当成我的。”可见林徽因孤洁高傲的性格与操守。

26 梁思成车祸之谜

梁思成走路有点跛，中年之后身上套着一件钢背心，以支撑脊椎的承载。有人说这是小儿麻痹后遗症，这是不对的。

1923 年 5 月，梁思成于清华毕业即将出国留学。5 月 7 日，他骑摩托车参加北京学生举行的“国耻日”纪念活动，刚出长安街，就被北洋政府交通次长金永炎的汽车撞倒栽入路边沟中，血流满面，当场昏迷。

梁思成是当世名人梁启超的公子，媒体借机大肆炒作，车祸原因遂产生了许多版本。其中一个是，当时在北京西山养病的林徽因，和她的追求者徐志摩、梁思成定下了一个赌赛：谁能以最快的速度从城内买到刚上市的苹果给她，就证明谁对她最忠心耿耿。梁思成的摩托车很快自西山驶出，接着车祸发生。当然，这纯属无稽之谈、八卦报道。

梁思成住院后，其母亲见肇事者金永炎拒不前来赔礼道歉，就直奔总统府大闹了一场，还跑到金永炎家中，从放洋油灯的坎子（小窗）伸进手去，把金次长的脸抓出了几道血印子。

这次车祸，梁思成骨折的左腿没能接好，导致左腿比右腿短了约一公分，脊椎也受到了严重损伤，后来不得不穿上一件医院为其特制的厚重钢背心。

也因这次车祸，梁思成只好推迟一年留洋。

27 金岳霖忘了自己是谁

由于金岳霖在日常生活中名士气或曰书呆子气太重，在当时的北平学术界流传着许多令人捧腹的故事。

据金岳霖自己回忆：陶孟和在北平时跟他是好朋友，也是介绍金岳霖在北平尝试吃西餐的引路人。当时陶孟和住在北平的北新桥，电话是东局五十六号，金岳霖平时记得很牢，可有一天给陶孟和打电话，突然发生了意外。

老金拨通后，电话那头的小保姆问："您哪儿？"意思是你是谁。老金一听，竟一时思维短路，忘了自己是谁，但又不好意思说自己忘了，即使说，对方也不会相信，一定认为他是搞恶作剧，但是老金真的是忘了。憋了半天，急中生智，说："你甭管我，请陶先生说话就行了。"可那位小保姆仍不依不饶地说："不行。"老金好言相劝了半天，对方还是说不行。

万般无奈中，老金只好求教于自己雇来的洋车夫王喜，说："王喜啊，你说我是谁？"王喜听罢，将头一摇，有些不耐烦地答道："你是谁我哪里知道。"老金着急地说："你就没听见别人说过我是谁？"王喜把头一扭说："只听见人家叫金博士。"一个"金"字才使老金从迷糊中回过神来，急忙答道："啊，我老金啊！"电话那头早已挂断。

28 金岳霖上课捉跳蚤

老金不仅在生活中“笑料百出”，在教学中，跟学生的互动也是“花样百出”。西南联大中文系出身的汪曾祺记录了这样一段经历：

“金先生是研究哲学的，但是他看了很多小说。从普鲁斯特到福尔摩斯，都看。听说他很爱看平江不肖生的《江湖奇侠传》。有几个联大的同学住在金鸡巷。沈先生（沈从文）有时拉一个熟人去给少数爱好文学、写写东西的同学讲一点什么。金先生有一次也被拉了去。他讲的题目是《小说和哲学》。题目是沈先生给他出的。

“大家以为金先生一定会讲出一番大道理。不料金先生讲了半天，结论却是：小说和哲学没有关系。有人问：‘那么《红楼梦》呢？’金先生说：‘《红楼梦》里的哲学不是哲学。’他讲着讲着，忽然停下来：‘对不起，我这里有个小动物。’他把右手伸进后脖领，捉出了一个跳蚤，捏在手里看看，甚为得意。”

29 金岳霖办公无“公”来

1952年院系调整，金岳霖教授由清华调到了北大。当时北大副校长周培源请老金做北大的哲学系主任。老金说他不干，还说：“艾思奇摆在那里，不去找他，反而来找我。”周培源说：“要你做，你就得做。”于是老金就做起系主任来了。

不久，有个教授当面大骂了老金一顿。这样的事，按老金的说法：“在旧社会不是开除他，就是我辞职。在新社会怎么办呢？不知道。结果他不走，我也不辞。事也办不了，更谈不上办好办坏。”

后来，老金被调到中国科学院哲学研究所当副所长，另一个副所长张镛对老金说：“你应该坐到办公室办公。”老金不知“公”是如何办的，可是办公室总可以坐。于是就恭而敬之地坐在办公室，但坐了整个上午，而“公”不来，根本没有人找他。于是老金认为这简直是浪费生命，就提出辞职，在家中搞起了研究与写作，不必再到办公室等“公”来了。

30 冰心的计较

民国时期，冰心是国内知名的女作家和诗人，她的《小橘灯》《寄小读者》等作品可谓家喻户晓。据梁实秋与费孝通等人说，冰心不仅才华出众，而且相貌文静高雅，因此得到了许多热血正盛的男生青睐，一时间求爱者众多。但在五彩缤纷又夹杂着“刀光剑影”的情场上，多路进攻的英雄豪杰只能在围城之外来回兜圈徘徊，倒是平时不声不响的吴文藻，最终赢得冰心的芳心。两人于 1929 年 6 月 15 日，在燕京大学临湖轩举行了婚礼。

不论是民国还是当下，冰心的才华与气质都可称得上是女神级别，然而，冰心在为人处事上却多有不够成熟妥当之处。当年，冰心撰写小说《我们太太的客厅》，暗讽她的同乡好友林徽因，致使二人友情终结便是一例。

又如，当年冰心留洋归国在清华教书时，对学生有过分苛刻的表现。国学大师季羡林对此有过亲身体验，他回忆说：“我于 1930 年考入清华大学，入西洋文学系……除了选修课以外，还可以旁听或偷听。教师不以为忤，学生各得其乐。我曾旁听过朱自清、俞平伯、郑振铎等先生的课，都安然无恙，而且因此同郑振铎先生建立了终生的友谊。但也并不是一帆风顺。我同一群学生旁听冰心先生的课。她当时极年轻，且名满天下。我们是慕名而去的。冰心先生满脸庄严，不苟言笑。看到课堂上挤满了这么多学生，知道其中有‘诈’，于是威仪俨然地下了‘逐客令’：‘凡非选此课者，下一堂不许再来！’我们悚然而听，愫然而退，从此不敢再进她讲课的教室。”

此事过去半个多世纪，季羡林仍对此耿耿于怀，可见冰心所为对学生心理刺激之深之大。

31 曾昭抡的傲气

曾国藩号称晚清的中兴名臣，他的言行、家书流传后世，备受追捧。曾国藩的后人中，有个曾孙辈的人物叫曾昭抡，曾留美求学多年，后回国任教，是个了不起的大科学家，还担任过高教部的副部长。

但曾昭抡在个人修养方面与他的祖辈不同，曾昭抡平时穿衣戴帽极不讲究，头发也不梳理，穿的鞋子经常是前后有洞，被同事们戏称为“空前绝后”。

民国初年，朱家骅上任中央大学校长后，有一次召集各系主任开见面会，并讨论教学事宜。曾昭抡前来参会，当时朱家骅不认识他，问他是哪个系的，曾昭抡答是化学系的。朱家骅看他不修边幅、邋里邋遢不像个官儿，就说：“去把你们系主任找来开会。”曾昭抡二话不说起身就走，回宿舍后，卷起铺盖就离开了，之后很快被聘任为北京大学化学系主任。

在曾昭抡的主持下，北大化学系的教育和科研水准日渐提高，成为全国最有影响的化学专业，并培养了一大批具有国际影响的人才。

32 曾昭抡的“傻气”

曾国藩家族后人、著名化学家曾昭抡生性孤僻，沉默寡言，平时很少与人交际，只是专心治学，对生活方面的事情常常心不在焉。如潘光旦对费孝通说过曾昭抡的趣事：“一次天空阴云密布，他带着伞出门，走了不久，果然开始下雨，而且越下越大，衣服被淋湿了，他仍然提着那把没打开的伞向前走，直到别人提醒他，才把伞打开。还有一次在家里吃晚饭，他不知怎的，心不在焉，竟拿煤铲到锅里去添饭，直到他爱人发现他饭碗里有煤炭，才恍然大悟。至于晚上穿着衣服和鞋袜躺在床上睡觉更是常事。”

另据曾昭抡夫人的妹妹俞大缜晚年回忆说：“在我近八十年的教学生涯中，还未见过有曾昭抡那样专心治学的人。他用功到了精神非常集中的程度，以致有时竟像一个‘傻子’。记得有一天，我从北大回家，路过沙滩前，只见昭抡站在红楼前面，面对着一根电线杆子，一面点头，一面有说有笑，过往行人不胜骇然。我走近他身边，他也不理我，仔细听他说话，原来他在和电线杆谈化学哩……我同院邻居是一位老先生，曾在北大当过职员，他对我说过：‘你那位亲戚曾昭抡有神经病，我亲眼见他对着红楼前的木柱说话。’”

33 “独腿客”留洋遇险记

潘光旦是著名的社会学家，1914 年于清华读书期间，跳高时伤了一条腿，又因未及时治疗，伤势恶化只好把腿锯掉，成了“独腿客”，此后走路总是架着拐子。

徐志摩与潘光旦是好友，对于他的这一遭遇，徐志摩借用“八仙过海”的传说，将潘光旦与同为好友的胡适并列戏称为“胡圣潘仙”：胡，指猢狲，乃齐天大圣孙猴子；潘仙，指在蓬莱仙阁与何仙姑等辈一起渡海的八仙之一铁拐李。听了徐志摩的调侃，潘光旦更是哭笑不得。

1922 年，“潘仙”清华学业期满，到了该留洋的时候，他问代理校长严鹤龄：“我一条腿能否出洋？”严氏不假思索地说：“不太好吧，美国人会想到我们中国两条腿的人不够多，把一条腿的都送来了！”

潘光旦听罢这个校长暗含讥讽侮辱的混账话，沮丧不已又无可奈何。有位教美术的美籍女教员司达得知此情，专门找到严校长为潘光旦打抱不平：“他不能出洋，谁该出洋？”

经过一番周折，最后潘光旦总算与其他同学一道赴美国留学。后来学成归国，任教清华大学，做教务主任好多年，成为清华的核心人物之一。

34 潘光旦吃老鼠肉

抗战时期的西南联大，师生们的穷困已到了极点，闻一多刻章的事大家都知道了，可是潘光旦吃老鼠肉的事知道的人却不多。

当时生活窘困，日日清汤寡水，潘光旦教授想吃点荤，沾一点腥味，但又无钱购买。后来潘光旦发现昆明当地的老鼠又肥又大且随处可见，便灵机一动支起铁质夹子抓老鼠。每抓到一鼠，便“剥皮去内脏，收拾得很干净，切块红烧”，全家人分而食之。

一时间，潘光旦吃老鼠肉的事在昆明和更大的范围内传开，并上了《大公报》。当时潘光旦有个弟弟在香港主持交通器材采购事宜，得悉兄长吃老鼠肉度日，认为其生活一定非常清苦，随即汇寄港币以济兄长之急。

事后，潘先生幽默地说：“我倒在无意中发了一笔‘横财’，是乃《大公报》之赐也。”

35 陈梦家与王世襄争夺古物

现在，上海博物馆有一个展厅，专门展出著名诗人、学者陈梦家生前收藏的明式家具，凡是看过的观众无不为之赞叹。如果看看当年陈梦家收藏这些古董的旧事，也是很有情趣的。

据早年毕业于燕京大学的王世襄回忆说:“梦家比我大三岁。1934 年我考入燕京大学，他已是攻读容庚教授的古文字学研究生。他非常用功，而我则是一个玩得天昏地暗、业荒于嬉的顽皮学生……那时我和陈梦家先生都在搜集明式家具，因此有了共同兴趣……我以廉价买到一对铁力木官帽椅，梦家说:‘你简直是白捡，应该送给我！’端起一把来要走。我说:‘白捡也不能送给你。’又抢了回来。梦家买到一具明代黄花梨五足圆香几，我爱极了。我说:‘你多少钱买的，加十倍让给我。’抱起来想夺门而出。梦家说:‘加一百倍也不行！’”

又说:“陈梦家此时已有鸿篇巨著问世，稿酬收入比我多，可以买我买不起的家具。例如那对明代紫檀直棂架格，在鲁班馆南口路东的家具店里摆了一两年，我去看过多次，力不能致，终为梦家所得。但我不像他那样把大量的精力倾注于学术研究中，经常骑辆破车，叩故家门，逛鬼市摊，不惜费工夫，所以能买到梦家未能见到的东西。”

许多年后，王世襄也成了著名的文物收藏家。

36 手撕英汉词典的穆旦

1937年抗战全面爆发，清华外文系学生穆旦，也就是查良铮，于这年10月，随学校师生长途跋涉到长沙临时大学暂设于衡山的文学院继续就读。这时的清华外文系师生都很厉害，可以说是清华的鼎盛时期。老师有叶公超、吴宓、陈福田等，还有一位专门讲"当代英诗"的英籍讲师威廉·燕卜荪(William Empson)。学生如查良铮、周珏良、王佐良、赵瑞蕻、李赋宁、许国璋等人，都是一时才俊。

长沙临时大学开课不久，师生又要向昆明迁徙。穆旦打点行装走出萧条冷寂的衡山，跟随闻一多、曾昭抡等师生组成的"湘黔滇步行团"，开始了"世界教育史上艰辛而具有伟大意义的长征"。在横贯湘、黔、滇三省，跋涉三千里到达云南昆明国立西南联合大学的途中，当时立志做诗人的穆旦，怀揣一本小型英汉词典，一边行军一边背单词及例句，到晚上，背熟了，便别出心裁地仿照据说是一位外国诗人的样子，把背过的内容一页页撕去丢掉，为行走过的土地留下一份富有诗意的浪漫纪念。而当到达目的地昆明的时候，那本词典几乎被撕光了。

后来，穆旦成了著名的诗人兼翻译家。

第二章

大师的学问，把知识讲成段子

01 陈寅恪考试出对子：孙行者

清华大学是莘莘学子向往的高等学府，而清华的招生考试也出过许多趣闻。比如说 1932 年的清华大学招生考试，国文考试仅两个题目——

一个是作对子“孙行者”；另一个是命题作文，题目是《梦游清华园记》。出题者乃国学大师陈寅恪教授。

这两道考题，出题角度新鲜有趣，而且看似简单又不简单。“孙行者”一题，理工男多对“祖冲之”，文科女多对“胡适之”，文理兼备的男女生对的是“韩退之”。而陈寅恪预定的标准答案是“胡适之”，因猢狲乃猿猴，而“行者”与“适之”意义音韵皆可相对。

后来，陈寅恪对此答案有过解释：苏东坡诗有“前生恐是卢行者，后学过呼韩退之”一联，“韩卢”为犬名，“行”与“退”皆步履进退之动词，“者”与“之”俱为虚字，东坡此联可称极中国对仗文学之能事。“陈寅恪所以以‘孙行者’为对子出题，实欲应试者以‘胡适之’对‘孙行者’。盖猢狲乃猿猴，而‘行者’与‘适之’意义音韵皆可相对，此不过一时故作狡猾耳，又正反合之说。”当时唯冯友兰君一人能通解者。

至于作文题《梦游清华园记》，按陈寅恪的解释，曾游清华园者，可以写实；未游清华园者，可以想象。若应试者不被录取，则成一游园惊梦也。

02 杨玉环的美一开始就有政治性

近几年旧诗词很热，举办各种诗词大赛，很是热闹。但是光背诗词不行，还要理解诗词内涵，内涵是什么？比如白居易的《长恨歌》，这个大家在中学都读过，很熟悉了，但其内涵经陈寅恪大师一讲，就与你的中学老师教给你的，绝对不是一回事了。

言及《长恨歌》，自然要对杨贵妃与武则天之间的关系背景等诸方面做出合理的解释，否则便不能解释杨贵妃的人生轨迹与情爱艳事的是非曲直。对此，陈寅恪讲道：唐朝从武则天起，到杨玉环，中间形成一个婚姻集团。这一时期，李、武、韦、杨诸家的关系密切地交织着。唐玄宗时，宫廷内部几乎全是武家的势力，杨贵妃之前，武惠妃最得玄宗宠爱，就连在许多政治风浪中地位毫不动摇的太监高力士，也是出身于武家，因此他在各方面都隐隐维护着武家。而这就为杨贵妃入选埋下了伏笔。

唐朝选妃有很多限制，高力士参与选妃，一定会尽量在武则天婚姻集团里挑选。后来，武惠妃死，被追赠为皇后，武氏集团也渐次凋零。其后，选妃的范围渐渐推到武则天婚姻集团的外围。杨家与武家是有关系的，杨玉环起初是寿王妃，而寿王是武惠妃的亲生儿子。杨玉环当然是当时的标准美人，然而绝不是最美的。既然不是最美，又怎么会被选中呢？奥秘就在于她是集团中人。在武、杨婚姻集团中，在李氏后廷中，杨玉环被认定为最美者。应该说，她的这种美是带有政治性的。

03 唐太宗李世民不是汉人

陈寅恪以讲隋唐史而闻名于世，读过其著作的人已了然于胸，没读过的人只知其学问之大，不知大在何处，如唐代历史有什么特点呢？

陈寅恪眼中的唐王朝，是中国又一次的民族大融合，无论是政治制度还是文化、风俗，都带有经过融合后的“大杂烩”特质。李氏家族虽为汉人，但受胡化影响很深，因其体内就有胡人的血统，如李世民先辈李虎之妻独孤氏、李渊之妻窦氏，包括李世民本人之妻长孙氏，均为胡人。不过出于统治需要，李世民自己绝不承认受胡化的影响。有个叫法林的和尚，当面说太宗不是汉人，李世民大发雷霆，意欲杀之。

从风俗来看，唐代也显受胡俗浸染，胡人本来有“兄死妻其嫂，父死妻其后母”的习俗，“玄武门事变”后，李世民即纳其弟齐王李元吉之妇为妃；太宗死后，高宗公开纳太宗才人武后为妃；最突出的是玄宗夺媳。这是胡俗，当时并不以为耻。

04 陈寅恪会多少种文字

据陈寅恪在西南联大时期的研究生王永胜说，陈寅恪“具备了阅读藏、蒙、满、日、梵、巴利、波斯、阿拉伯、英、法、德、拉丁、希腊十三种文字的能力”。

另据陈氏的再传弟子、中国台湾学者陈哲三云：“他（陈寅恪）所会业已死了的文字，拉丁文自不必讲，如梵文、巴利文、满文、蒙文、藏文、突厥文、西夏文、波斯文也很熟悉。至于英、法、德、俄、日、希腊诸国文字更不用说，甚至连匈牙利的马扎儿文也懂。”

陈寅恪一生治史秉持“无证不立”的严慎态度，那么他到底会多少种文字，我们也需找到证据，仅凭家属、亲友、弟子的回忆不能令人信服。有一个直接的证据是，“文化大革命”中红卫兵从陈寅恪处抄走一批珍贵资料，后陆续归还，其中就有陈寅恪当年在国外学习的笔记若干册。从保留下来的六十四本之多的学习笔记看，当时除梵文和巴利文外，陈寅恪还学习过藏文、蒙文、满文、突厥文、回纥文、朝鲜文、印地文、俄文、波斯文、希伯来文等多种文字。

语言学大师季羡林先生曾在广州一次会议上说：“陈寅恪先生（20 世纪）20 年代留学德国时写了许多学习笔记，现存六十四本之多，门类繁多，计有藏文、蒙古文、突厥回鹘文、吐火罗文、西夏文、满文、朝鲜文、梵文、巴利文、印地文、俄文等二十一类。从中可以看出先生治学钻研之深，其中最引人注目的是各门学科的文献目录，衡之以 20 年代全世界研究水平，这些目录是十分齐备的。”

面对诸种说法，陈寅恪的侄子陈封雄后来较为谦虚、平和地对外宣称：

“一般说来，他能读懂十四种文字，能说四五国语言，能听懂七八种语言，是大致不差的。这些成绩基本上是他在三十六岁以前取得的。”如此耀目的成绩，古今少有，令人叹服！

05 傅斯年用物理学知识打架

讲一个傅斯年打架的事。五四运动爆发，傅斯年指挥北京游行学生火烧赵家楼，痛殴了卖国贼曹汝霖之后，引领学生回到北大校内开会。一个叫胡霹雳的学生可能对傅斯年有所不满，逮着机会上来就给了他一拳，把傅斯年的眼镜打飞了。傅斯年大怒，一脚把胡霹雳踢于台下，然后像武松打虎一样，几拳就把胡霹雳打得不省人事。后来有人问傅斯年获胜的绝招儿，他得意地说："我身子肥胖高大，显得笨拙，这是弱点，但如果快速出击，以体积乘速度，就会爆发出无敌的力量，一下就可把对手打趴在地。"

当时有人评论说："傅斯年不愧是北大头号才子，打架都能把物理学的知识活学活用，看来还是得好好读书啊。"

06 傅斯年给儿子取名有学问

1935年，日本策动“华北特殊化”。时任冀察政务委员的萧振瀛招待北平教育界名人，企图劝说众人就范。出席的傅斯年闻言拍案而起，斥责萧氏卖国求荣。据参与此事的陶希圣回忆说：“孟真在萧振瀛的招待会上，悲愤壮烈地反对华北特殊化，这一号召，震动了北平的教育界，发起了‘一二·九’运动。北京大学同人在激昂慷慨的气氛中，开了大会，共同宣誓不南迁，不屈服；只要在北平一天，仍然作二十年的打算，坚持到最后一分钟。”自此，整个北平的混沌空气为之一变。

也就在这一年，某天，傅斯年对同学兼好友罗家伦说：“我的太太快要生孩子了，若生的是一个男孩，我要叫他仁轨。”

罗氏听罢，一时脑筋转不过来，便问道：“为什么？”

傅斯年仰天吐一口气，做不屑一顾状：“你枉费学历史，你忘了中国第一个能在朝鲜对日本兵打歼灭战的，就是唐朝的刘仁轨吗？”

罗家伦恍然领悟，长“噢”一声，深为感动。

1944年夏秋，日军围困湘中重镇衡阳，国民党军精锐方先觉第十军全军覆没，其他战场的国民党军队也连连丧师失地。消息传出，傅斯年心情异常沉重，在流亡李庄的泥墙土屋孤灯下，为九岁的儿子傅仁轨书写南宋爱国英雄文天祥的《正气歌》《衣带赞》诸诗，并题跋曰：“其日习数行，期以成诵，今所不解，稍长必求其解。念兹在兹，做人之道，发轫于是，立基于是。若不能看破生死，则必为生死所困，所以异于禽兽者几希矣。”

07 汪精卫为何成了汉奸

傅斯年在西南联大做过一次学术讲演，题目是《汪贼与倭寇——一个心理的分解》。傅氏用弗洛伊德的心理分析方法，解析汪精卫如何一步步走上了叛逆之路。

按傅斯年的解析，汪氏不是嫡出，严父之后，又有严兄，自小便受了一个女儿式的教育，在这种情形下所成长的儿童，自然有正常心理者少，有变态心理者多；或有聪慧的头脑，不容易有安定的神志，欲做“人上人”，而又不知度量自己的本领，也多半是这种环境造成的。对此，傅斯年举例说：淞沪抗战爆发后，国民政府成立了一个国防参议会，汪精卫做主席，会中常看到他不时发脾气，却不明其气之对象。

傅斯年认为，这是出于汪精卫“心中的‘疙瘩’（mental complexes）在那里时时发动”的缘故。同时，傅斯年认为，汪精卫之叛国与他的婆娘陈璧君亦有很大关系，因为陈氏亦是一心想做“人上人”的人，做不到便气得不得了。“汉光武时代，彭宠造反，史家说是‘其妻刚戾’，不堪其夫之为‘人下’，陈璧君何其酷似！”

最后，傅斯年总结说，陈璧君之刚戾凶妄，只是助因，促使汪贼叛国者仍是汪精卫自小在心灵中蕴蓄的妾妇怨妒心理，与发而欲做“人上人”的要求。这种“不度德量力”的要求，形成了他极度扭曲的心理状态，以及他一生人格上和心理上的变态，从而表现为他从事各种极端的、政治上反复无常的投机和赌博。可谓：“在家家乱，在国国乱，《春秋》中所记弑父弑君有几个不是受这个心理所支配？”

联大学生何兆武听罢傅斯年的演讲深以为然，人的活动归根结底乃是通过心理层次这一环节的，司马光在《资治通鉴》中写到反叛的案例时，往往提到反叛者最后乃是由于“内不自安”而终于谋反。反叛者的野心与扭曲的性格交织而成，形成了最终叛逆的事实。

08 刘文典神解林黛玉、薛宝钗的结局

在西南联大期间，校内兴起一股《红楼梦》演讲热潮，为首的就是国学大师刘文典。每次演讲，只见头发花白、身穿长衫的刘大师飘然而至，从容端坐，先饮罢一盏茶水，象征性地清清嗓子，而后霍然起立，像戏台上说“道情”一样，有板有眼地道出他的开场白:“只、吃、仙、桃、一口，不、吃、烂、杏、一筐！仙桃只吃一口——就行了啊！”

停顿片刻，未等台下听众回过神儿来，刘氏又颇为自负地说道:“凡是我讲的，别人都没有说过；凡是别人说过的，我都不讲，今天给你们讲四个字就够了！”说罢拿起笔，转身在旁边小黑板上写下“蓼汀花溆”四个大字。他扭头环视四周，慢条斯理地道:“为何我要专写这四字，其中必有奥妙啊！”见众人皆为这一噱头提起了精神，伸长脖子等着听“下回分解”。刘大师摆开架势，以“索引派”手法破译这一“寓言式”四字密码。

按刘大师的解释，作为皇妃的贾元春在宝、黛二人情窦初开时，就不赞成二人相爱。《红楼梦》第十八回写贾元春回家省亲，看到大观园中各处山水楼台题的匾额都点头称许，唯独看到“蓼汀花溆”四字，便笑道:“‘花溆’二字便妥，何必‘蓼汀’？”贾政听罢，即刻令人改换。元春为什么要留“花溆”，而独去“蓼汀”？这是因为“花溆”的“溆”字，其形似“钗”，其音似“薛”；而“蓼汀”二字反切就是“林”字。由此可知，贵为皇妃的贾元春在省亲时，就暗示她属意的是薛宝钗而非林黛玉——这位贵妃的一句话，贾、林二人的爱情悲剧也就算注定了。

刘文典此说一出，众人无不佩服，皆曰:“这次遇到了‘真宝玉’，刘教授不愧为国学大师也！”

09 “活着的庄子”刘文典

刘文典号称“活着的庄子”，在云南的影响与名气之大，可与“云南王”龙云相提并论。

联大蒙自分校迁往昆明后，中文系教授、国学大师刘文典开出了“庄子”与“文选”等课。生活相对安静，以及工作上的顺利，又让他找回了在清华园时的感觉，恃才傲物，狷介不羁与国学大师的名士派头渐渐流露出来，且毫无谦虚之意。

刘文典曾公开宣称整个中国真懂《庄子》者共两个半人：一个是庄子本人，一个是他自己，另外半个是指马叙伦或冯友兰，因当时马、冯二人皆从哲学的角度讲《庄子》；另有一说“半个”是指日本某学者，此说意在表达在中国真正懂《庄子》者乃他刘文典一人而已。

刘文典如此自夸，也并非纯属狂妄自大，他的的确确有个三踢两脚的本事。1923 年，刘文典出版第一本专著《淮南鸿烈集》，引起了学术界不小的震动，周作人曾回忆说：“他（刘文典）实是一个国学大家，他的《淮南鸿烈集》的著书出版已经好久，不知道随后有什么新著，但就是那一部书也足够显示他的学历而有余。”1931 年 8 月，因朱自清休假出国，刘文典代理清华中文系主任，成了陈寅恪的直接上司。此后数年，刘文典仍专注于古籍校勘工作，并完成了十卷本的巨著《庄子补正》，震动文坛，为天下儒林所重，堪称国学领域唯一可与陈寅恪过招的重量级大师。

刘文典讲《庄子》，出身清华、哈佛大学的吴宓等重量级国学教授也经常前去听讲，但刘文典看见他们并不打招呼，仍旁若无人地闭目演讲。当讲到自己认为出彩的节骨眼儿上，他戛然而止，抬头张目望着教室最后一排的吴宓，慢条斯理地问道："雨僧兄以为如何啊？"吴宓闻听立即起立，恭恭敬敬地一面点头一面回答："高见甚是，高见甚是！"见此情景，刘文典与学生们都忍不住大笑起来。

10 胡适改写《西游记》

1930年4月30日，胡适在致杨杏佛的信中说:“记得五六年前曾与周豫才先生兄弟闲谈，我说,《西游记》的‘八十一难’，最不能令人满意，应该这样改作：唐僧取了经回到通天河边，梦见黄风大王等妖魔向他索命，唐僧醒来，叫三个徒弟驾云把经卷送回唐土去讫，他自己却念动真言，把当日想吃唐僧一块肉延寿三千年的一切冤魂都召请来，他自己动手，把身上的肉割下来布施给它们吃，一切冤魂吃了唐僧的肉，都得超生极乐世界，唐僧的肉布施完了，他也成了正果。如此结束，最合佛教精神。”

后来在席卷大陆的“批胡”运动期间，胡适曾拿这个例子喻自己的经历:“我受了十余年的骂，从来不怨恨骂我的人。有时他们骂得不中肯，我反替他们着急。有时他们骂得太过火了，反损骂者自己的人格，我更替他们不安。如果骂我而使骂者有益，便是我间接于他有恩了，我自然很情愿挨骂。如果有人说，吃胡适一块肉可以延寿一年半年，我也一定情愿自己割下来送给他，并且祝福他。”

话虽如此，但面对往日的亲朋故旧、同事门生于政治风浪中倒戈相向、落井下石，胡适内心的悲凉之情或许很难轻易抚平吧。

11 胡适共有多少顶博士帽子

据美籍华人、学者袁同礼在1961年出版的一部英文著作《中国留美同学博士论文目录》中称，胡适共接受了三十一个名誉博士学位，连正式学位共三十二个。美籍华人、历史学家唐德刚在《胡适杂忆》中先是采信了袁氏之说，谓:“须知胡适是我亿万炎黄子孙中，唯一拿了三十二个‘博士’学位的真正的大博士。”后又在“注释”中说:“据笔者记忆胡先生曾告诉我他名誉学位共有三十四个。甚多均为第一流学府所颁赠。国人中接受名誉学位之次多者为宋美龄，共十二个。”

另据胡颂平编《胡适之年谱长编初稿》载，胡氏一生共得三十六顶博士帽子，除求学时通过正式考试得到的哥伦比亚大学哲学博士学位外，其余三十五顶帽子都是后来欧美各大学自愿赠送。胡氏在1939年6月6日的日记中曾有这样的记载:“下午哥伦比亚大学毕业典礼，我得一个法学博士学位。此为我做大使后得到的第一个名誉学位(今年有五所大学要给我学位，因医生的训诫，我只能出门接受两个)。”

胡适一生到底得到过多少顶博士帽子，现在仍无人一锤定音。

12 梁思成、林徽因的旷世发现

今天，一提起梁思成、林徽因，大家最先想到的是他们的浪漫爱情故事。其实，他们对学术的贡献才是我们更应该关注的。比如，中国古代建筑大多是木结构的，很容易被火烧掉，抗战前日本人断言中国已经没有唐代木构建筑存在了。但是梁思成、林徽因夫妇不服气，他们从敦煌藏经洞出土的一份卷子上找到线索，在五台山豆村附近的山中发现了著名的晚唐建筑佛光寺。

这座古老庙宇的大殿建成于公元 857 年的晚唐。这个时代，不但比此前梁思成等人发现的最古老的木结构建筑——独乐寺早 127 年，而且还是当时中国大地上已搜寻到的年代最为久远、唯一的一座唐代木构建筑。顺便说一句，当梁思成、林徽因结束对佛光寺的考察，骑着毛驴来到豆村附近一家鸡毛小店住下时，当天夜里，远在北平的卢沟桥响起了枪声，由此拉开了八年全面抗战的序幕，梁家开始了流亡西南的人生之旅。

13 吴晗笔下的彭和尚生死之谜

吴晗的《朱元璋传》，原是在昆明西南联大时所创作，1944年出版了两个版本，分别名为《明太祖》《由僧钵到皇权》。

1948年，吴晗为躲避国民党的追查由清华园逃出来到石家庄，曾将《朱元璋传》书稿托人进呈毛泽东。毛泽东对书中跟着朱元璋起义的一个头目彭和尚“功成不居”提出异议，认为像彭和尚这样坚强有毅力的革命者，不应有逃避行为，不是他自己犯了错误，就是史料有问题。阅读后退还稿本时，毛泽东还特地给吴晗写了一封信，着重谈到史学研究中的方法论问题。最后表示“倘若先生于这方面加力用一番功夫，将来成就不可限量”。

1948年12月，吴晗在河北平山县西柏坡毛泽东住处，又就这一书稿聆听了毛泽东的想法，谈话时间从下午6时到夜里12时，吴晗听后颇为感动，很快转变思想方法，用马列主义唯物史观理论重新找证据、修稿本，据说最后查到了彭和尚的史料，此人确实没有“功成不居”隐退江湖，而是一直战斗到最后一口气。1949年，吴晗按毛泽东的意思把原稿修改后，以《朱元璋传》的书名由上海三联书店出版，这就是读者看到的版本。

14 《李秀成供状》的真伪

太平天国著名将领李秀成被俘后，在被处死之前，留下了一份曾国藩审讯的供状。这份供状抄录后，一面上报清廷军机处，一面在安庆刻印公开，原稿藏于湘乡荷叶塘曾家老宅秘而不宣。

抗日战争前，陈寅恪看过《李秀成供状》原稿，他对人说曾国藩不肯把它公布，必有不可告人之隐。其实，曾国藩不肯公布，曾家后人同样不肯公布。1944 年，曾国藩的曾孙曾昭桦因在广西通志馆工作的关系，经过家庭会议才勉强答应单位派人前往抄录。后来那个抄本和十多张照片，一再排印和影印出版。

1962 年，台北世界书局影印出版了原藏于湘乡荷叶塘曾氏家族的秘本《李秀成供状》。这一讳莫如深的秘本，据说是曾国藩后人曾约农 1949 年逃离大陆时，秘密携往台湾的。《李秀成供状》出版的消息在大陆引起震动，有关方面很快派人通过香港购得此本进行鉴定。这个影印本清晰地保留着曾国藩等人用朱笔、墨笔进行删改的痕迹，篇幅比曾国藩当年安庆刻本多出九千余字，是真本内容无疑。全本七十四页，全页写满，最末一页最后一句话是“实我不知也，如知”，全篇结束。

从写满页面和书写的规律来看，李秀成的话似未讲完，下面应有延续，至少把“如知”这话讲完。何以成为现状呢？这意味着李秀成最后一部分供词一定包含着更深的隐秘，或者对曾家来说极不利的话语。怕暴露于世，曾国藩或曾家后人便有意把最后一部分撕去销毁了。至于这个真本为何要在此时印出，据太平天国研究家罗尔纲推断，因当时广西通志馆抄录本已在社会上广为流传，“这才迫使曾家后人不得不把原稿影印公布”。

15 曾昭抡的军事天才与种子计划

抗战军兴，迁往西南各地的知识分子，不但谈论战争，还开始撰写战事评论，各抒己见。当然，这些理论家也有走眼跑光的时候，据时在昆明的研究生任继愈回忆说："西南联大法学院一位教授在昆中北院做世界形势报告，分析德、苏两国会不会开战的问题。按这位教授的分析，二者不会开战，理由有四。这位教授先讲了两条，中间休息二十分钟。恰好这时街上的报童在门口叫喊'号外，号外，德苏开战了！德苏开战了！'，主讲人颇为尴尬，宣布下半段不讲了，挟起包袱一走了之。"

尽管这位教授预测失败，但知识分子对战争的关注仍保持着高度热情。其中亦不乏热情且有头脑的深入研究者，如曾国藩家族后人、著名化学家曾昭抡。

1944年6月，当盟军近三百万大军云集欧洲西线战场时，曾昭抡正确预测了盟军将在诺曼底登陆的具体位置，而预测的登陆时间仅比实际情况差了不到一个昼夜。1945年1月，曾昭抡作为国际军事问题专家应昆明《正义报》之约做"新年五问笔谈"访谈，明确回答：欧洲战事将于"上半年结束"。同年5月，曾氏在谈到盟军何时进攻日本时，认为"最早当在今年八九月，迟至则可延伸到年底。但是攻势一旦展开，战争的结束，也许就不远了"。届时"苏联在远东参战，也开始成为可能"。

曾昭抡这一预言，引起军政当局高度关注，战争实际进程很快证实了这一预言，因而曾昭抡成为当时知识分子中最著名的军事问题专家之一，《燕京新闻》对此专门做了评价，谓曾昭抡"虽为一个化学家，但对于政局、战局的分析和综合，都可以与任何专家相媲美"。

1945年8月，美国在广岛、长崎投下原子弹。1946年，国民政府派遣曾昭抡组织吴大猷、华罗庚教授，率领唐敖庆、王瑞駪、朱光亚、李政道、孙本旺、徐贤修等年轻学者共九人赴美，向相关机构学习核反应堆与核裂变等技术并购买器材。这就是中国原子弹制造的先驱——种子计划的由来。

16 大铁桶内的物理仪器

1940年，昆明空袭频仍，西南联大物理系与其他系一样，时刻受到敌机威胁并频繁地跑警报。师生生活十分艰苦，经常是食不果腹，衣不遮体，特别是仪器设备极为缺少。为了保证教学质量，当时的物理系主任饶毓泰规定坚持正常实习，每周一次，风雨无阻。为避免日军空袭，饶毓泰带领师生把贵重仪器搬到离昆明城十多里地的大普吉村，实习需要使用时再搬到昆明，用完后再搬回去。有的仪器放在大铁桶内，埋在地下，用的时候取出来，用完后再放入大铁桶埋起来，这样可避免日机轰炸造成损失。

至于系主任饶毓泰本人，平时则避居城外约五公里的岗头村，住在由学校临时搭建的一间茅草顶、泥墙、纸窗的简陋房中。他的夫人在抗战不久便不幸病逝，饶毓泰一个人生活，因食宿极不正常，不久就患了重度胃溃疡，此疾之特性是，患者心情忧虑或烦躁不安时，胃酸分泌就会增加导致剧烈疼痛。饶毓泰一方面忧国，一方面丧偶，胃病时发，心情低劣而疾病更加厉害。每当这样的时候来临，饶毓泰就找一堆物理典籍埋首阅读，以消解身心痛苦。这样的生活，直到抗战胜利返回北平才算告一段落。

17 被诺贝尔奖伤害的物理学皇后吴健雄

吴健雄早年在上海中国公学读书，是胡适的学生，后就读于中央大学物理系，再后来赴美留学，参加美国“曼哈顿计划”，也就是研制原子弹计划。吴健雄是普林斯顿研究院两百多年历史传统里的第一位女性研究员兼教授，还是李政道与杨振宁“弱相互作用中的宇称不守恒”定律的实验证明者。可以说，没有吴健雄的实验证明，李政道、杨振宁的理论成果就得不到学术界认可，也就获得不了诺贝尔奖。当时李政道、杨振宁推翻物理学上基本的对等定律的时候，好像在一座漆黑的大房子中，知道有一个地方可以出去，但不晓得从什么地方出去，于是吴健雄率领小组做实验证明。在这个过程中，吴健雄几个星期睡不着觉，反复琢磨，终于用实验证明了李、杨提出的新的定律是对的。

令人遗憾的是，1957年，李政道、杨振宁双双获得诺贝尔物理学奖，帮他们做实验证明的吴健雄却没有份儿，国内很多人为她感到不公。

1958年吴健雄当选为美国国家科学院院士，1975年又出任美国物理学会第一任女性会长，同年获得美国总统福特在白宫授予的国家科学勋章，这是美国最高科学荣誉。

尽管如此，吴健雄还是不能从容忘却这个情结，1988年，她在给诺贝尔奖得主史坦伯格的祝贺信上写道：“尽管我从来没有为了得奖而去做研究工作，但是，当我的工作出于某种原因而被人忽视，这依然是深深地伤害了我。”

18 中国历史上最牛的学霸

这些年，“学霸”这个名词出现的频率比较高，如某某学霸多么厉害，毕业后挣了多少个亿，等等，很是吸人眼球，也令很多青年男女“羡慕嫉妒恨”。

我在翻阅清华大学史料的时候，发现了一个学霸，这个人就是 1913 年考取美国“庚款”留学的特科班学生侯德榜。

侯德榜早年以十门功课 1000 分的优异成绩考入清华园，当时轰动了中国教育界，被称为中国近代历史上最牛的学霸。

到了 1913 年留洋的时候，全班共十六人，他以平均 92.9 分的毕业成绩名列第一。

侯德榜顺利出国，留美期间学的是化学专业，并顺利拿到博士学位。归国后，仅用了几年时间，又以创立“侯氏制碱法”名动天下。1948 年，侯德榜当选为中央研究院首届院士，成为中国化学界的鼻祖。

侯德榜一生没有挣多少钱，但我还是佩服这样的学霸。

19 逯钦立考《桃花源记》

逯钦立是山东巨野人，北京大学文科研究所研究生，抗战时期先后在昆明和李庄，师从罗庸、杨振声、傅斯年等导师研究“先秦两汉魏晋南北朝诗”，颇多创见，如陶渊明《桃花源记》就是一个有趣的例证。

“陶记”中有这样一段文字：忽逢桃花林，夹岸数百步，中无杂树，芳华鲜美，落英缤纷。逯钦立说:“在此之前，几乎所有的版本及选本都将‘芳华’作‘芳草’，唯南宋有两个本子(岳南按：曾集本《陶集》与苏写本《陶渊明集》)作‘芳华’。我认为应作‘芳华’，而不是所谓的‘芳草’。理由是：首先，这一段文字所描写的是一幅十分完美的、鲜红耀目的桃花林景象，中间不容夹杂绿草，破坏意境的纯美。这是重要的一点。其次，陶诗中多以‘华’作‘花’的诗句，如《荣木》诗云‘采采荣木，结根于兹。晨耀其华，夕已丧之’等。这里的‘华’可作‘花’解，二字通用。《诗经·桃夭》中说‘桃之夭夭，灼灼其华’，早已开其先例。况且以‘鲜美’形容桃花，正切合其鲜艳美丽的形象特征。如果把它形容成绿草，就觉得不伦不类，很不切合。因而应作‘芳华’解。”胡适说：发现一个字的古义，与天文学家发现一颗新星同等重要。在学术研究上，这话是有道理的。

20 天府之国的滑竿文化

抗战时期，梁思成、林徽因在四川李庄镇上坝村月亮田安营扎寨。有天下午，在惯例的“茶话会”上，梁、林等营造学社同人，以及借暑假从昆明专门赶来探望林徽因的金岳霖，谈起天府之国的滑竿文化。

两人抬滑竿时，因后面的人看不见前方道路，前后两人就要很好地配合。如路上有一堆牛粪，前面的人就会说“天上莺子飞”，后面那个就立即回答“地上牛屎堆”，于是二人都小心地避开牛粪。西南山区的道路多用石板铺筑而成，一不小心就会踩滑摔跤。前面的人高唱“活摇活甩”，表示石板路不稳当，要小心，后面的人则应声答道“踩中莫踩角”。要过一个很窄的小桥，前面就喊“单桥一根线”，后者脱口而出“好马射得箭”。讲到此处，梁思成摇头道:“到现在我还弄不明白，这过桥和射箭有什么关系？”老金说道:“是不是好比一匹马在箭杆上跑啊？”

梁思成继续说:“有一次我们坐滑竿上山测绘一座寺庙，中途遇到一个姑娘，前面那个人就说‘左边有枝花’，后面那个人立刻接上‘有点麻子还巴家’。当时我不懂，就问轿夫刚才说的是啥意思。后面的那个就小声对我说:‘没看见女人是个麻脸吗？’我回头一看，那个姑娘脸上的确有些麻子，心想这帮抬滑竿的也真会糟践人。”林徽因插嘴道:“要是碰上个厉害姑娘，前面的刚说‘左边有枝花’，姑娘马上就会回嘴说‘就是你的妈’！”一句话惹得众人喷水大笑。

ZZZZ

21 “原子能”是袁子才的弟弟

1955年11月，梅贻琦离开美国，赴台湾创办原子科学研究所，台湾“清华大学”即在此基础上扩建而成。1956年秋，原子科学研究所第一班研究生招考完毕，共有十五名男女生被录取。这件事当时还引起了一个小小的轰动。

当时“科教兴国”理念与口号，在台湾渐成气候，且被“朝野”同奉为圭臬，但真正对科学教育深入了解，并有所远谋者，并不多见，台湾学界与民众，对于梅贻琦搞的原子科学，更是知之寥寥，且多有疑惑。

在一次聚会上，一位号称博学多才的老先生，听到众人在谈清华的原子炉与原子能，恍然若有所悟地道：“袁子能？那一定是袁子才的弟弟了。”

有人说：“不是的，老先生，这是讲核子的。”“什么字？”老先生问。“‘木’字边一个‘亥时’的‘亥’字。”对方答。

老先生肯定地道：“那就对了，袁子才，名叫袁枚，枚亦是木字旁，更证明是弟兄了。”对方驳斥道：“老先生，核子是一种巨大的力量。”老先生瞪大眼睛自信地道：“是啊！袁子才作过一本书叫《子不语》，不就是讲怪力乱神的吗？”

据说，这个故事是梅贻琦参加某宴会所亲见，并对清华校友们讲的，或有幽默的成分。但从另一个侧面，透出大众对前沿科学的无知，梅贻琦内心的孤独与悲凉可想而知。

22 甲骨文发现第一人

2019年是甲骨文发现120周年，世界上凡是与甲骨文有关的学术机构大都举办了各种纪念活动。除此之外，我们还得纪念一个人，这个人就是我的山东老乡王懿荣。

话说1899年，时任清朝国子监祭酒的王懿荣拉肚子，一位中医给他开了个药方，里面有一味中药叫龙骨，王家派人到京城一家中药店买回药之后，王懿荣偶然发现这龙骨上有类似篆文的刻痕。这一发现，使王懿荣大喜，他急派人把那家中药店带文字的龙骨全部买回来加以鉴别研究。最后得出结论，这些龙骨上的刻字，应是中国历史上商代的文字，年代在三千多年之前。

这一发现很快轰动了学术圈。原来只知有个商代，但没有证据，现在终于找到最直接、最有力的证据了。

至此，商代历史研究的大幕拉开。王懿荣，更是被誉为中国商代甲骨文发现第一人。

23 董作宾是如何成为甲骨学家的

1899年，甲骨文被当时的清王朝国子监祭酒王懿荣认出并开始探究——这是世人认识甲骨文之始。四年前的1895年，董作宾出生于河南南阳董阳门村。1901年，董氏在家乡入私塾就读经史，1923年考入北京大学国学门成为研究生，1925年夏于北大国学门毕业留校任助教。

这年夏天，因为天热，董作宾与同为助教的庄尚严找了间空闲的办公室打地铺避暑，某天晚上，董作宾忽然从地铺上坐起来，郑重其事地对庄尚严说："老庄，你看咱们长此下去，如何是了？"

庄尚严一听，漫然答道："不如此下去，难道让我们去抢银行绑票，上山当土匪，杀人越货吗？"

董作宾沉默了一会儿，有点激动和神秘地说："我有一个主意，你如果同意，咱们一同到我家乡安阳去发掘甲骨如何？你学的是考古，田野工作是你的强项。我是河南人，可以搞好地方关系。这是一条有广大发展前景的道路，比局促在这里有前途多了！"

董作宾的一席话引起了庄尚严的极大兴趣。此时罗振玉、王国维等人正由于甲骨文的研究成果备受世人瞩目。庄尚严头脑一热，立即坐起来道："你的想法很好，只是你我二人，一个搞歌谣，一个学考古，对研究甲骨文最基本的知识，如小学、训诂、文字学都无根基，如何办得了？"

董作宾听罢，不以为然地摇了摇头道："若等你在课堂或书本中学好文字学，人家的甲骨文字典早就在书店里发卖了，哪还有咱们的机会？为今之计，只有占先，一面发掘，一面读书和研究。有了新材料，就有新问题，这个问题就逼着你非读金文、小学去细心细考不可，自然会有新局面、新结论。旧路已为人家占满，不另辟蹊径，哪有咱们年轻人的出头之日？”

不久，董作宾就背起小包袱上安阳挖“龙骨”去了。这一挖，就把董作宾“挖”成了著名的甲骨学家。

24 董作宾校园吃花生米

胡适出任“中央研究院”院长后，夫人江冬秀于1962年由美到台照顾胡适的生活，得知胡氏早餐只吃一点稀饭和一点南瓜，觉得太苦，要另外加点主食和菜肴，被胡适阻止。胡适谈到“中研院”史语所同人1949年住在杨梅时，有几家每月到了20日之后，就用南瓜加盐煮稀饭过日子，一直熬到下个月发薪水，然后到了下个月20日左右还得靠南瓜加盐煮稀饭过下去。胡适所说“有几家”中的第一号人家，就是董作宾家。

董作宾有十个孩子，许多时候连吃饱肚子都不太容易。作为“中研院”史语所研究员的董作宾，在台大考古人类学系兼课后，有几位要好的同事经常看到他每次下课回家，都从校内的小卖部买一包花生米边吃边走，且吃得很香甜的样子，就问他为何总是买花生米吃，董作宾说讲完课后肚子就有点饿，吃几颗花生米充饥，别的买不起，花生米便宜些。对方不解地问，为何不拿到家中再吃？董作宾一边用手指捏着花生米往嘴里送，一边不好意思地笑笑说:“我家食指浩繁，拿回去，这包花生米就不是我的了。”

据董作宾的长公子董敏说:“当时我家确实穷困得很，我爸爸有开夜车搞研究写文章的习惯，他的桌子下面有个小铁筒，里面装了一点饼干、糕点什么的，晚上熬夜饿了的时候，就从铁筒里掏出一点点垫活垫活。开始我们不知道，等发现这个秘密后，就趁他不在家的时候偷偷给吃掉了，结果有一个晚上，我爸爸到半夜又从小铁筒里找东西吃，一看是空的，很懊丧，起身在屋里转了几圈，长吁短叹。我妈妈(熊海萍)起床看到爸爸愁苦悲戚的样子，又看到那个空铁筒，心领神会，当场流下了热泪。”

雜貨
油鹽醬醋
仁丹
雪花膏
女兒紅
金華火腿
哈德門
童叟無欺

25 “甲骨四堂”

继 1899 年王懿荣认出并开始探究甲骨文之后，中外研究者越来越多，名家辈出，灿若群星。随着安阳殷墟的发掘与甲骨文陆续出土，甲骨学渐被学术界所重视并很快发展为一门显学。在群星闪耀中，最终催生了著名的“甲骨四堂”。

所谓“甲骨四堂”，乃国学大师钱玄同、陈子展的发明创造，即坐在前四把交椅上的是罗振玉(字雪堂)、王国维(字观堂)、董作宾(字彦堂)、郭沫若(字鼎堂)这四位甲骨学家，也就是后世广为流传的“堂堂堂堂，郭董罗王”。

对于“四堂”在学术上的造诣和不同贡献，还有一位著名的古文字学家唐兰(字立厂)有“雪堂导夫先路，观堂继以考史，彦堂区其时代，鼎堂发其辞例，固已极一时之盛”之评语。

1942 年，董作宾与郭沫若在重庆相聚，把酒言欢，董、郭二人皆对“四堂”之说予以笑纳，并赋诗相赠。董作宾在《跋鼎堂赠绝句》中说:“今者，观堂墓木盈拱，雪堂老死伪满，惟彦堂与鼎堂，犹崛然并存于人世，以挣扎度此伟大之时代。”

26 明义士暗藏甲骨之谜

明义士(James Mellon Menzies)，加拿大教会中人，20世纪20年代受教会派遣来中国安阳一带传教。他见当地的刻字甲骨具有文物和学术价值，常骑一匹老白马往来于洹水岸边，大量搜求中国古代文物，仅其所藏殷墟甲骨就达五万片，并认为牛骨、龟骨上的文字是用耗子牙齿刻的。

1932年，明义士携这批甲骨入齐鲁大学任考古教授，并在校中办了一个博物馆收藏自己的部分甲骨。

1936年，明义士回加拿大休假，行前将收藏甲骨的大部分珍品悄悄打包，秘密转移到外籍好友麦克卢医生家中，重要的殷墟出土的甲骨和青铜器等存放在房子的阁楼上，其他陶器则放置在地下室里。这个诡秘的行动没有一个中国人知晓。

1937年12月27日济南失陷，齐鲁大学南迁四川成都华西坝，校务人员准备搬迁甲骨时，才突然发现明义士在齐大所存的近万片甲骨不知去向。直到1949年，这批珍贵的文物仍如泥牛入海，音信全无。

1951年夏，在济南齐鲁大学的柳荫路宿舍区内，突然挖出来一大批文物及甲骨。在这批文物的包装箱上，依稀可见英文标记。这是谁埋藏的？又是怎么发现的？说来还有一段传奇般的经历……

原来，明义士回国后，1941年12月太平洋战争爆发之际，麦克卢医生认为将古物藏在家中不安全，便联系明义士的同事和朋友，秘密将明氏藏品进行转移，一箱重要的甲骨藏在齐大金库，其他甲骨和文物分散埋藏在校园内。他们手绘两份英文藏宝草图，一份寄给明义士，另一份由同是来自豫北教会的传教士安德鲁·托马逊保存。

1952年中国大陆撤销一切教会学校，随着“三反”运动开始，将要离开中国大陆的齐大代理校长、英国浸礼会传教士林深见大势已去，在巨大的政治压力下，被迫交出原由托马逊保存的地下甲骨藏宝图，后经工作人员挖掘出的古物，总共39457件，其中有甲骨文8080片。至此，明义士暗藏甲骨的秘密才得以揭开。

27 龙山文化是谁发现的

1901 年出生于山东安邱县万戈庄的吴金鼎，青年时代就读于山东齐鲁大学文理学院历史政治系，1926 年考入清华研究院，有幸成为第二届三十六名学生之一，并追随导师李济学习人类学与考古学。

1927 年夏季，吴金鼎离开清华园，返回母校齐鲁大学做了一名助教。

1928 年，吴金鼎前往山东平陵进行考古调查，注意到城子崖一台地有异于寻常的堆积——这是发现伟大龙山文化的一个高亢嘹亮的前奏。后来经过多次探查拭掘，城子崖遗址埋藏着以黑陶为代表的龙山文化得以正式出现在中国考古学的序列中，并在世界范围内引起广泛而巨大的影响。

不能说没有吴金鼎就一定没有龙山文化的发现，但至少这个发现要晚一段岁月，而晚些岁月发现、发掘的城子崖遗址，在中国乃至世界考古史上是否还占有如此重要的地位，并具有如此广泛的影响，则是不可知的。对此，李济说得十分清楚：当“殷墟出土的实物分析出来，显然呈现着极复杂的混合状态，相比的材料必须多方追求。在这类材料实现以前，殷墟出土物之意义，就不能十分明了。故史语所发掘殷墟以来即从事于类似之搜求……有了城子崖的发掘，我们不但替殷墟一部分文化的来源找到一个老家，对于中国黎明期文化的认识我们也得了一个新阶段”。

由这段记述可以看出，龙山文化的发现适逢其时，吴金鼎功莫大焉。

28 乾隆皇帝有多少颗牙齿

1928年7月，北方一个叫孙殿英的军阀，以剿匪和军事演习为名，率领一个军的兵力荷枪实弹进入北平以东遵化马兰峪界内的清东陵，用七天七夜的时间，打开了乾隆皇帝、慈禧太后的两座陵墓地宫，劈棺扬尸，将价值连城的珍宝洗劫一空后逃之夭夭。之后，国民政府组织人员对被盗地宫进行清理。一位参与清理的先生后来对考古学家李济说，他曾抚摩过乾隆的头骨，乾隆的一口牙还保存得很好。李济表示不信，遂有下面一段对话——

李济："乾隆的牙，到底还有多少颗保存着？"

先生："整整四十颗牙，都保存得很好，很整齐。"

李济："这不可能吧，你有没有搞错？"

先生："绝对的，我绝没有搞错，我还亲自数过，咋会搞错呢？"

李济："凡是世界上的人，不管是几万年、几十万年的化石人，还是过去的野蛮人，或者近代的文明人，没有一个是有四十颗牙的，这是一个早已被科学研究无数次证明了的事情。"

先生抬手拍拍脑袋，轻轻地说："唉，我确实数过的啊！"

李济："这是一个不需要再辩论的事情，因为灵长目各科属动物，所具有的牙齿数目，已是一件科学的事实存在。人类的牙齿，若是正常发育的话，从古代到现代，没有超过三十二颗的。一般现代的人，尤其是中国人，大多数只有二十八至三十二颗。为什么呢？就是因为烹饪术，也就是炒菜技术的进步，人的第三臼齿，也就是上下两边最后的一颗大牙，往往是长不出来的。"

听罢李济的话，这位先生默然无语，但又不相信自己会把乾隆皇帝的牙齿数错了。

第二章

先生风骨，大师之“大”

01 蔡元培的爱国情怀

卢沟桥事变前两年，早已不做北大校长的蔡元培已经老了，身体状况已现衰老颓势，病魔开始与他纠缠不休，但这位中国学界领袖，仍为民族的救亡与复兴奔走呼号。

据他的学生，先后任清华、中央大学校长的罗家伦回忆说，有一次蔡元培到南京出差，时任国民政府行政院院长兼外交部部长的汪精卫闻讯后设宴招待。席前，蔡元培极为真诚恳切地苦劝汪精卫改变亲日的立场和行为，以推进抗战和民族复兴的国策。当时在座的罗家伦等人看见，蔡元培说到激动伤心处，眼泪一滴滴落在汤盘里，又和汤一道咽下去。其情其景，在场者无不为之动容。

02 制造“炸弹”的蔡元培

现在，一提到中国最著名的教育家，多数人自然会想到北大老校长蔡元培。

那么蔡元培怎么那么厉害？他是干啥的？他啊，原是大清朝光绪皇帝钦点的翰林，青年时代曾在日本和上海等地为革命党人制造炸弹，准备用刺杀手段推翻清王朝，但一直没得到机会实施。

1917年，时年四十九岁的蔡元培被任命为北京大学校长。这一下，许多官僚起而反对，说这不是“猪八戒肚中吞了一个孙悟空”吗？这还了得？

蔡元培不管这些，一上任便提出了“囊括大典，网罗众家，思想自由，兼容并包”十六字光芒万丈的办学方针。这个方针，等于蔡元培亲手制造了一个新型文化“炸弹”。以陈独秀、李大钊、胡适等新派学界领袖人物统率的革命闯将，与强劲的老派对手黄侃、辜鸿铭等旧派名流交锋对垒起来。

就在新派旧派打作一团之时，蔡元培制造的文化“炸弹”一不小心被点燃了引线，终于爆响了20世纪初黑暗中国的第一声惊雷。这便是闻名世界的五四运动。

03 梁启超被割错肾

1926年年初，梁启超因患尿血症久治不愈，便不顾朋友们的反对，毅然住进北京协和医院，于3月16日做了肾脏切除手术。极其不幸的是，手术中却被误切掉了那个健全的“好肾”（右肾），虚弱的生命之泉只靠残留的一只“坏肾”（左肾）来维持供给。

此时西医在中国立足未稳，大受质疑，而手术主持者乃是毕业于美国哈佛大学的医学博士、协和医学院院长刘瑞恒。刘瑞恒的副手则是声名赫赫的美国外科医生。为了维护西医的社会声誉，以便使这门科学在中国落地生根，对于这一“以人命为儿戏”的事故，梁启超不但没有状告院方，相反在他的学生陈源、徐志摩等人以“白丢腰子”（徐志摩语）为由，通过媒介向协和医院进行口诛笔伐、兴师问罪之时，梁启超阻止徐志摩等人上诉法庭，不求任何赔偿，并艰难地支撑着病体亲自著文为协和医院开脱。

1926年6月2日，《晨报副刊》发表了梁启超《我的病与协和医院》一文，说：“出院之后，直到今日，我还是继续吃协和的药，病虽然不清楚，但是比未受手术之前的确好了许多。想我若是真能抛弃百事，绝对休息，三两个月后，应该完全复原。至于其他的病态，一点都没有。”

至于该不该割去右肾的问题，梁启超提出责任不在协和。文章的最后极为诚恳地讲道：“我盼望社会上，不要借我这回病为口实，生出一种反动的怪论，为中国医学前途进步生障碍——这是我发表这篇短文的微意。”

梁启超默默承受着内心的煎熬与苦痛，维护着他笃信的科学与进步事业，而代价是他的整个生命。1929年1月19日，梁启超在北京协和医院病逝，享年五十七岁。

04 陈寅恪被困香港

太平洋战争爆发后，正在香港准备赴英国牛津大学讲学的陈寅恪与家人被锁困。当时学校关门，粮库封锁，钱粮来源皆已断绝，只靠一点存粮维持一家人的生命。

未久，驻港日本宪兵首领得知陈寅恪乃世界著名学者，欲令其为日本谋事。遂令几个宪兵拉两袋陈家急需的大米以示恩赐。陈寅恪夫妇见状并得知来历后，立马把送来的米袋拖拽了出去，日本宪兵“呜里哇啦”说着鬼话又搬回，陈氏夫妇再度拽出。如此往复多次，最后陈寅恪面带怒容用日语高声斥责宪兵，告知宁肯一家饿死也不要日本人的大米，宪兵见状，怒骂几声，将米袋拉走。

春节过后，忽有一个自称陈寅恪旧日学生的人来访，谓奉命请其到沦陷区广州或上海任教，并拨一笔巨款让陈老师筹建文化学院。陈寅恪听罢，愤而说“你不是我的学生”，将对方赶出家门。

忽一日，汪精卫老婆陈璧君携伪中山大学校长找上门来，请其为汪伪政府服务。陈寅恪躺在床上，说自己生病不能动，陈璧君即加以恫吓，而伪校长反说不要为难病人云云，二人遂去。未久，原清华大学教授，时为沦陷区日伪北京大学校长的钱稻孙，以伪币千元月薪诱陈寅恪离港出任伪北京大学教职，结果仍被陈氏所拒。稍后，倭督及汉奸以 20 万军票(港币 40 万)，托陈寅恪出面主办东亚文化会及审查教科书等，均遭陈寅恪严词拒绝。

眼见形势越发紧迫，陈寅恪欲冒死突围，经过一番筹划与乔装打扮，陈氏全家于 1942 年 5 月 5 日，乘一艘运粮的小商船，在夜幕掩护下悄悄逃离了坟墓般的孤岛，辗转抵达桂林。

05 陈寅恪是“教授的教授”

学界中人皆曰陈寅恪学问大得了不得，到底有多大呢？内行看门道，外行看热闹，从热闹中或能瞧个大概。

1934年，清华大学出版的《清华暑期周刊·欢迎新同学专号·教授印象记》中有一段对陈寅恪的描写：“在清华大学的校史中，流传着许多关于陈寅恪先生的趣谈。例如，哲学大家冯友兰先生的学问可谓不小了，从1928年入校起，当过秘书长、文学院长，以至数度代理校务，在清华可称为上乘人物了。但每回上中国哲学史课的时候，总会看见冯先生十分恭敬地跟着陈先生从教员休息室里出来，边走边听陈先生讲话，直至教室门口，才对陈先生深鞠一躬，然后分开。这个现象固然使我们感到冯先生的谦虚有礼，但同时也令我们感到陈先生的实在伟大。”

陈寅恪教授凭借其才学与人格力量不仅赢得了清华师生的敬佩，更有外校教师同人慕名前来听他上课，因而陈寅恪又被称为“教授的教授”。

1944年，陈寅恪教授在抗战烽火中为学生开了“魏晋南北朝史”和“元、白诗解读”等几门课，后又在流亡成都华西坝的燕京大学开设“唐史”和“晋至唐史专题研究”两门大课。

据当时的学生回忆：陈寅恪的大名如雷贯耳，讲课内容精辟，极富启发性，前来听讲者不仅有校内学生，华西坝其他几所大学的教授亦云集而来，欲一睹其讲课时的风采神韵。因而关于陈寅恪乃“教授的教授”之声名继清华之后，又在成都高校流传开了。

许多年后，哲学家金岳霖不无感慨地回忆道：“寅恪的学问我不懂，看来确实渊博得很。有一天我到他那里去，有一个学生来找他，问一个材料。

他说：‘你到图书馆去借某一本书，翻到某一页，那一页的页底有一个注，注里把所有你需要的材料都列举出来了。你把它抄下来，按照线索去找其余的材料。’寅恪先生记忆力之强，确实少见。”

06 胡适在学术上的民主风度

抗战前的北大文科研究所，常举行研究报告会，由研究生提出研究报告，所主任及导师加以批评。有次一位姓韩的研究生，提出一篇有关隋唐之际佛学的研究报告，宣读完毕后，文学院院长胡适首做批评，言辞谦和却滔滔不绝，刚说到中途，韩君突然打断他的话头说："胡先生，你别再说下去了，你越说越外行了。"随即把胡适批错了的地方一一指点出来并举证说明。

胡适听后立刻停止批评，毫不动气，请韩姓学生的导师、佛学权威汤用彤对报告继续加以批评。当报告会结束时，胡适说："以后举行报告会，最好事先让我们知道题目，以便略做准备，免得像我这次对韩君的报告做错误批评啊！"

此后胡适并未因此怀恨那位韩姓学生，反而特别重视其学习发展，为其学习、谋生帮忙多多。

几十年过后，韩姓学生不无感慨地回忆说："他（胡适）的民主风度，应用到学术上，实足奖掖后进的学者，促成学术的进步，与借口维持师道尊严，压抑后进，僵化学术者，真不可同日而语。"

07 胡适对抗日战争的构想

自九一八事变到七七事变前的六年中，胡适是主和派政治集团的一员骁将，曾竭力主张通过谈判和国际调解与日本讲和，尽力避免对日战争。

多少年后，世人通过陆续披露的密信或内部档案才窥知，卢沟桥事变前的胡适尚没有傻到把国家命运全部押到与日本谋“和”这盘棋上，在主“和”的同时，同样清醒地认识到，中日战争或早或晚不可避免地总要爆发。所以，又有另一个主动迎接战争的思考和计划。

1935 年 6 月 27 日夜，胡适就在给王世杰的一封长信中表达了对时局的认识与战略构想，信中说：“近期，日本独霸东亚，为所欲为，中国无能抵抗，世界无能制裁。这是毫无可疑的眼前局势。”若中国局势发生逆转，只能寄希望于“一个很远的将来”。其理由是，日本因滋生了一个狂妄而危险的图谋，那就是称霸世界的野心，最终将激怒英美，到那时，“太平洋上必有一度最惨的大战，可以作为我们翻身的机会”。又说：“我们必须准备三四年的苦战。我们必须咬定牙根，认定在这三年之中我们不能期望他国加入战争。我们只能期望在我们打得稀烂而敌人也打得疲于奔命的时候，才可以有国际参加与援助。这是破釜沉舟的故智，除此之外，别无他法可以促进那不易发动的世界第二次大战。”

这封信向世人揭示了一个埋没日久的秘密，也消融了时人或后人对胡适的部分误解。可以说，至少在写这封信的时候，胡适开始修正他此前一味主“和”的观点，并预见到了未来发生第二次世界大战的国家、地点和时间——1941 年 12 月 7 日，珍珠港事件爆发，即成为历史的明证。

08 胡适的“最后一分钟”

1941年9月，美、日两国秘密商谈中国与西南太平洋的局势，日方派野村与来栖两位大使到华盛顿执行谈判任务。美国为自身利益，决定与日本妥协。此时中国与日本全面开战已达四年之久，“苦撑待变”几乎达到胡适当年设想的极限。而此时美国与日本的妥协，无疑将中国推向了更危险的境地。

9月24日，在胡适坚决请求下，美国国务卿赫尔约见了胡适等中、英四国大使，极不情愿地出示了妥协草案美方定稿。胡适看罢，极为震怒，当场向赫尔提出严正抗议，并立即求见罗斯福总统，恳请其出面阻止这一有损中国利益的方案。同时力劝英国方面共同对这一决策提出抗议。英国首相丘吉尔经过反复权衡，最终致电罗斯福总统，并极富远见地指出：“中国如果崩溃，将大大增加英美的危机。”由于英国方面与胡适代表的中国方面表示强烈反对，美国于11月26日决定撤销与日本的妥协方案——这就是胡适“在最后一分钟的强烈争持”的由来。

1941年12月7日，胡适正在纽约演说，罗斯福打来电话，约他速到白宫相见。胡适匆忙而至，罗斯福说：“胡适，日本那两个特使方才离开这里，我把不能妥协的话坚定地告诉了他们，你可即刻电告蒋委员长。可是，从此太平洋上随时有发生战事的可能。”

胡适离开白宫刚到使馆，就接到了罗斯福打来的电话。对方用激愤得有些颤抖的声音说道：“胡适，方才接到报告，日本海军、空军已在猛烈袭击珍珠港。”太平洋战争爆发了。

09 胡适说："总统"你错了

1958年4月10日，胡适出任中国台湾的"中央研究院"院长，蒋介石以"总统"身份前往出席就职典礼。当时在场的青年研究员李亦园回忆说："胡先生就职时蒋老'总统'亲自来了，来了之后还讲话，在他的讲话中不知为什么忽然说到共产党在大陆坐大可以说与五四运动提倡的自由主义不无关系，这样说话对胡先生来说当然是非常尴尬的，因为五四运动跟他有密切的关系，他是重要的推动者。结果老'总统'讲完之后，胡先生站起来继续答话，他的答话让大家脸色都凝住了，他一开始就说'"总统"你错了'，在当时那么威权的时代，他这样讲使全场的人脸色都变白了，气氛非常紧张，老'总统'却很有风度地主持完会议，只是在胡先生任内就再未来过南港。这一件事，胡先生的表现可以说确实为'中央研究院'在追求学术自由与独立上树立了一个里程碑。"

关于这一场景，与当时也在现场的历史学家吕实强的回忆稍有不同。

面对蒋介石指责五四运动提倡自由与"打倒孔家店"的问题，胡适自是颇为恼怒，因此在最后答谢词中予以反驳。胡说："对于'打倒孔家店'一事，恐怕'总统'是误会了我的意思。我所谓的'打倒'，是打倒'孔家店'的权威性、神秘性，世界任何的思想学说，凡是不允许人家怀疑的、批评的，我都要打倒。"蒋介石一听其言，立即怫然变色，站起身便要走，坐在他旁边的一位随行官僚(一说张群，另一说陈诚)，悄悄伸手拉住老蒋的衣角示意其坐下，蒋介石强按怒气勉强坐下，待典礼一结束便迅速离去。

就職典禮

10 梅贻琦给自己的定位："王帽"

1931年年底，梅贻琦出任国立清华大学校长，他给自己的定位是："一个学校，有先生上课，学生听课，这是主要的。为了上课、听课，就必须有些教具以及桌椅之类，因此也需要有人管这些方面的事。一个学校的校长就是管这些事的人。"

1940年，清华校友在昆明为梅贻琦服务母校二十五周年召开庆祝会。会上，梅贻琦在答词中说："诸位觉得一人在一个学校服务二十五年，应予鼓励。其实在清华服务达十年以上者，已有三四十人，十五年以上者，亦有一二十人，而马约翰先生且达二十六年之久。可见清华近些年之进展，不是而亦不能是一个人的缘故，是因为清华还有很多老同事，同心合力地去做，才有今日。现在给诸位说一个比喻，诸位大概都喜欢看京戏，京戏里有一个角色，叫'王帽'，他每出场总是王冠齐整，仪仗森严，文武将官，前呼后拥，'煞有介事'。其实会看戏的绝不注意这正中端坐的'王帽'。因为好戏——除了很少数的几出，如《打金枝》《上天台》——并不要他唱，他因为运气好，搭在一个好班子里，那么人家对这台戏叫好时，他亦觉得'与有荣焉'而已。"

11 梅贻琦的皮包

1962年2月24日，胡适在台北出席“中央研究院”会议，其间突然发病撒手人寰，消息传到台大附属医院，正患重病住院的台湾“清华大学”校长梅贻琦深为悲痛。经此刺激，梅贻琦病情加重，几度昏迷不醒。

4月29日，梅贻琦在病榻上发表了最后一次对“清华”校友的讲话，诚朴谦逊一如往常，只是言语稍有错乱。5月4日，由微热到高烧不退，咳嗽转剧，任何抗生素都不能控制。19日，梅贻琦陷入昏迷状态，体温升至41℃。如此病况，国民党高层为之震动，蒋介石闻讯，指示陈诚、蒋经国等组织台大医务人员全力抢救，延至上午10时50分，终告不治。梅贻琦溘然长逝，享年七十三岁。

梅贻琦生前有一个随身携带的手提皮包，入住台大医院时放在床下一个较隐秘的地方，包里装的什么珍贵东西没有人知道。梅贻琦去世后，秘书在料理后事的同时迅速将手提包封存，后来在有各方人士参加的场合下启封。当包打开，所有的人目瞪口呆，里边装的全是“清华”基金账目，一笔笔清清楚楚地列着。在场者无不为之感动，有热泪盈眶者。

这笔基金关乎“清华”的续亡存绝，梅贻琦忍痛离开“清华”也与此有关，“清华”教务长吴泽霖回忆说：“他临走的时候，有一天早上，哪一天，我忘记了，在门口他乘车准备出去，我刚走进来，他车停下来，我先问他：‘怎么样？听说你是不是要走？’他说：‘我一定走，我的走是为了保护“清华”的基金。假使我不走，这个基金我就没有法子保护起来。’最后两句话是他思想的一闪念，很紧张。到上海后，他给我通过一次信，以后再也没有联系了。”

几个月前，胡适与几位“清华”资深校友委婉地劝梅贻琦留个遗嘱，以为将来后继者遵循办理，但梅贻琦直到临终都没有照办。此时，面对眼前这个皮包，韩咏华顿悟，梅贻琦没有任何财产，所有的话都在病床上讲完了，所以也就无须写什么遗嘱了。

慎獨

12 日本京都、奈良为何没有被炸

1945年，美军对日本本土实施了大规模的轰炸，在临近战争结束的几天里，向东京、大阪、名古屋等城市投下了两千吨炸弹，被炸城市皆成废墟。在飞机轰鸣、弹片呼啸、烈火升腾的大失控、大混乱与阵阵惨叫哀鸣声中，几乎所有的日本人都认定，古老的京都、奈良必然面临毁灭之灾。

对此，精明的日本人做了最坏的打算，一方面模仿中国把两座古城里大量的珍贵文物迁移到深山秘藏，另一方面对极具文化价值的历史遗迹，特别是地面建筑，全部拆除搬迁，待战后再按原形恢复。由于建筑古迹极多，工程浩大，加之人心惶惶，拆迁工程进展缓慢。

然而，让日本人感到不可思议的是，在美军铺天盖地的轰炸中，京都、奈良两座古城，竟奇迹般地始终未遭到真正意义上的空袭。待日本人费尽九牛二虎之力把著名的京都御所整个木构长廊全部拆迁之后，战争即宣告结束。遍布于两城内的宫殿、古寺、古塔等古建筑全部得以幸免，从而保留了日本民族之根，也为世界人类文化留下了一笔财富。

为什么美军没轰炸文物古迹最多最好的京都、奈良？这个谜底直到四十年后才得以解开。

据梁思成的弟子、中国古建筑学家罗哲文说，1945年，在重庆的国民政府成立了中国战地文物保护委员会，梁思成被聘为副主任委员，带罗哲文至重庆编制一套沦陷区文物目录，以保护文物免遭战火焚毁。就在梁思成编制中国沦陷区目录的同时，对人类文明成果非常重视的盟军司令部，通过中方请梁思成把日本的重要文物古迹列成表，并在地图上标出位置，以便在轰炸中尽可能留意保护。于是，梁思成专门标出了京都、奈良不宜轰炸，后来美军采纳了梁思成的建议，在轰炸中绕开了这两座古老城市。

1986年，罗哲文到日本奈良开会，把这一段往事告诉了日本学者，日本人听后既震惊又感激。日本报纸遂以《古都的恩人——中国的梁思成》做了报道。

13 梁思成用花瓶撑下巴写书

抗战时期，梁思成、林徽因夫妇与中国营造学社同人流亡到了四川宜宾李庄镇。他们在上坝月亮田几间四面透风的农舍里，安了几张简易木桌，摊开随身携带的资料，就开始着手系统地总结整理营造学社战前的调查成果。

为向全球建筑界介绍中国古代建筑的奥秘和研究成果，梁、林决定用英文撰写并绘制一部《图像中国建筑史》。

凄风苦雨中，夫妇二人一面讨论，一面用一台古老的、噼啪作响的打字机打出草稿，并和助手莫宗江一道，绘制了大量英汉对照注释的精美插图。

此时，梁思成当年因车祸造成的颈椎脊髓灰质化再度发作，常常痛苦得抬不起头来，只好在画板上放一个小花瓶撑住下巴，以便继续工作。林徽因身患严重的肺结核，只要身体稍感舒适，就半躺半坐地在床上翻阅《二十四史》和各种资料典籍，为书稿做种种补充、修改、润色工作。床边那一张又一张粗糙发黄的土纸上，留下了病中林徽因用心血凝成的斑斑字迹。

经过六年呕心沥血的工作，这部大书终于在抗战胜利时完成，为中国人在世界上争得了荣誉。

14 李济最早提出古物国有

李济是清华杰出校友，也是中国考古学之父，1922 年哈佛大学毕业后返回祖国，受聘于清华大学、南开大学，任国学研究院讲师，后长期在“中央研究院”历史语言研究所任职，1979 年病逝于台北。

李济除了考古学和人类学两方面学术上的巨大成就，作为大师之大，更多的是体现在他的胸襟、学术眼光与对整个人类文明过去和未来的清醒认识。20 世纪 20 年代中期，李济初出茅庐，满怀热情地走入田野进行考古调查的时候，便极富创造性地提出了如下主张：

一、古物国有，任何私人不得私藏；

二、设立国家博物院，奖励科学发掘，并有系统地整理地下史料；

三、设立考古学系，训练考古人才。

为实践这三项主张，李济在清华国学院第一次田野考察发掘西阴村时，就做出了“古物国有”的示范性表率。从他涉足考古的那一天开始，直到去世，据他的同事、亲友及弟子们说，他家中没有一件古物，晚年书房里只有五只木雕的猴子，这是因为李济属猴，在台北参加了一个猴属同乡会而特别制作的。李济生前藏有两万册图书，却无一善本，死后分别捐赠给两岸的科学、教育机构。

15 叶公超舍命保护毛公鼎

1937年上海沦陷，做过北洋政府总长的大佬叶恭绰，携带重金与看得上的几个婆姨乘船移居香港。临行前，秘密将珍藏的七箱贵重文物放于一个地下室中，其中一箱是他收藏的国之重宝毛公鼎。由于是仓皇出逃，一位刚娶进家门不久的潘姓小妾没有随行。

叶恭绰一走就是三年，潘姓小妾耐不住寂寞，在高人指点下，决定弄到一批财产后远走高飞。叶恭绰闻听消息，决定让侄子叶公超赴沪把这个小妾制服。

此时叶公超三十八岁，正是英俊的盛年。叶恭绰在密室向叶公超交代，此次回沪，最重要的是保护毛公鼎，毛公鼎是国之重宝，日本人垂涎三尺，搜索几年但迟迟得不到手。这次千万不能落入日本人之手，有朝一日，献给国家。

叶公超潜回上海老家，想出手制服小潘，但这个小潘受上海滩一个西门庆式的土豪指点，径直进入了上海日本宪兵司令部，声称家中来了一位间谍，并把叶家秘藏的国之重器毛公鼎一同供出，只是不知具体秘藏地点。日军听罢立即采取行动，宪兵在叶府搜出一些字画和两支自卫手枪，以间谍罪将叶公超逮捕关入大牢。

日军除了让叶公超交代身份，更重要的是审讯毛公鼎的秘藏地点，在四十九天的囹圄之中，叶公超先后七次受审讯，两次受鞭刑、水刑，但他始终不承认自己是间谍，更不吐露毛公鼎秘藏地点。为了尽快脱身，叶公超暗中传出一张字条，秘嘱家人请铸工假造一个毛公鼎式样的古铜器交出。当时在上海的叶公超之兄叶崇勋除了找文物贩子日夜打造假的铜器，还通过赵叔雅、陈公博、汪精卫等人与日本宪兵司令部交涉，以重金作保，被折磨得三分像人、七分像鬼的叶公超才得以于10月下旬出狱。

在一个月黑风高的深夜，叶公超指挥几人悄悄把毛公鼎从秘藏的地下室弄出运往上海码头，秘密乘船逃往香港。国之重器毛公鼎最终没有落入日本人之手，现藏于台北故宫博物院。

16 金岳霖：知识分子应该这样活

民国初期，蔡元培、胡适、丁文江等一批自由知识分子，开始鼓吹“好人政府”的治理策略，大意是现在的官僚都是坏人，坏人只会办坏事，要选拔好人到政府做官，如此才能改良社会。但是，清华大学哲学教授金岳霖，也就是大家比较熟悉的老金，却为知识分子提供了另一条道路：

第一，知识分子必须成为有“独立进款”的人。老金说：“我开剃头店的进款比交通部秘书的进款多了，所以与其做官，不如开剃头店，与其在部里拍马屁，不如在水果摊子上唱歌。”

第二，知识分子不做官，也就是不做政客，不把做官当一种职业来经营。“若是议定宪法、修改关税的事都是特别的事，都是短期的事，事件完了以后，依然可以独立过自己的生活。”

第三，知识分子“不发财。如果把发财当作目的，自己就变作了一个不折不扣的机器。同时对于没有意味的人，要极力敷衍”。

第四，知识分子能有一个“独立的环境”，并要有一群志同道合的人在一起。

老金说，能做到这些，中国的事，或者不至于无望。

17 赵忠尧虎口夺镭

1937年卢沟桥事变爆发，日本人很快占领了北平并进入了清华大学。这时，从外地回北平的清华大学物理学教授赵忠尧，想起还有五十毫克放射性镭，放在清华园物理系实验室的保险柜中，这可是制造原子弹的绝密材料，一旦落入日本人之手，后果将不堪设想。于是，赵忠尧冒着被日本人打劫枪杀的危险，与住在城里的清华好友梁思成开车，设法躲过日本兵的盘查，借着夜幕悄悄来到清华园的实验室，把那个装有放射性镭的铅筒带了出来。

之后，清华大学奉命向长沙撤退，赵忠尧把这个装有镭的铅筒插在一个咸菜坛子里，夹杂在逃难人群中向长沙进发。为躲避日本兵与伪军的盘查，他绞尽脑汁，昼伏夜行，一路风餐露宿，几乎丢掉了所有的行李，只有手中的咸菜坛子与他形影不离，双手更是磨出了道道血痕。

当破衣烂履、蓬头垢面的赵忠尧，在离北平一个多月后，拄着一根木棍，手提咸菜坛子，晃晃悠悠地来到长沙临时大学办事处报到时，工作人员认为他是一个乞丐未加理睬。待这个“乞丐”将坛子慢慢放下，声称要找梅校长单独说话时，梅贻琦正从内室出来送客。赵忠尧一声低沉沙哑的“梅校长”，梅贻琦先是一惊，继而泪水涌出了眼眶……

第四章

文人自古相轻，文坛亦江湖

01 钱玄同 VS 鲁迅

1922年，顾颉刚在北京大学整理古籍，把《诗》《书》和《论语》三部书中所载的、上古史中的传说整理出来加以比较，发现“禹是西周时就有的，尧、舜是到春秋末年才起来的。越是靠后，越是排在前面。等到有了伏羲、神农之后，尧、舜又成了晚辈，更不必说禹了”。

于是，他建立了一个假设:“古史是层累地造成的，发生的次序和排列的系统，恰是一个反背。”也就是说，古籍中所讲的古史，是由不同时代神话传说，一层一层地积累起来而造成的，神话传说发生的时代，其先后次序和古书中所讲的排列系统恰恰相反——这便是20世纪上半叶，在中国史学界影响重大和深远的顾颉刚学术精髓——所谓的“层累地造成的中国古史”观。

当时在北大任教的钱玄同，不但对顾氏理论击节叫好，称赞“层累地造成的中国古史”观“真是精当绝伦”，而且索性将自己的钱姓废掉，改名“疑古玄同”，还在名片上印着“疑古玄同”四个字，到处散发、鼓吹，以示对顾颉刚的呼应和自己疑古到底的决心。钱氏的妄举，一度受到鲁迅的嘲讽。

钱玄同当年也颇具改革、改造精神，是北大青年新军的一员骁将，就是他，促使蜗居在绍兴会馆抄古碑的周豫才，以“鲁迅”为笔名写出了名动千古的成名作《狂人日记》。

据沈尹默说，1929年5月，鲁迅由上海北上省亲，钱玄同偶然去孔德学校，正好碰见鲁迅在室中端坐。此时二人已从往昔的亲密同学加战友，变成相互厌恶的对象。钱玄同既已跨进室内，不好立即退出，一边尴尬地和鲁迅打着招呼，一边寻找话题。恰好看见桌上放着一张印有“周树人”三个字的名片，便回头对鲁迅道：“你现在又用三个字的名片了？”

鲁迅闻听，板着脸无好气地答道：“我从来不用四个字。”

此言一出，在场者都明白，这是讽刺钱玄同主张废姓，改为“疑古玄同”，同时又与胡适派，或者“古史辨派”搅在一起，为鲁迅所忌之故。钱玄同闻之，神色陡变，一言不发，摇着头做不屑一顾状，溜之乎也。

02 胡适 VS 鲁迅

据北京大学教授马幼渔说，1929 年 5 月，鲁迅由上海北上省亲，鲁迅到北平马幼渔家看望旧友，与不睦的胡适相遇。胡适从外面一进门，看到客厅中的鲁迅，略做惊讶，打趣道:“你又卷土重来了！”鲁迅瞟了胡适一眼，立即回敬道:“你不要害怕，我还要卷土重去，绝不抢你的饭碗！”胡适颇为尴尬，搭讪道:“看你还是那个脾气。”鲁迅仍板着脸冷冷地答:“这叫江山易改，禀性难移。”二人再无话，胡适打着哈哈转身悻悻而去。当然，这事还没有完。胡适到了台湾以后，1958 年 5 月在台北“中国文艺协会”做了一次题为《中国文艺复兴运动》的演讲。他肯定鲁迅在《新青年》时代，“是个健将，是个大将”，并认为鲁迅、周作人翻译的《域外小说集》，“实在比林琴南的小说集翻译得好，是古文翻译小说中最了不得的好”。

胡适铺垫一番之后，接着骂了鲁迅:“但是，鲁迅先生不到晚年——鲁迅先生的毛病喜欢人家捧他，我们这般‘新青年’没有了，不行了；他要去赶热闹，慢慢走上变质的路子。”

03 梁实秋 VS 鲁迅

梁实秋作为新月派的主将和大学教授，1927 年到 1936 年，曾和左翼作家的主将鲁迅展开激烈论战，鲁迅称梁实秋是“丧家的资本家的乏走狗”。

抗日战争爆发后，梁实秋离家只身到重庆，编辑《中央日报》副刊《平明》等，居住处号称“雅舍”，梁氏的许多传世小品文章就是在此写就。1942 年，毛泽东在《在延安文艺座谈会上的讲话》中，把梁实秋定为“为资产阶级文学服务的代表人物”。抗战胜利后，梁实秋任国立北平师范学院英语系教授。

1948 年年底，国共力量对比即将发生很大变化，重大的抉择摆在面前，是“走”还是“留”？据梁氏后来对朋友说，他当时不想跟腐败的国民党政权走，但也不敢留。因为“我是和鲁迅打过笔墨官司的人，当年鲁迅要打的‘丧家狗’指的就是我，新中国成立了，怎么样对待我，实在心中无底”。在走与留之间摇摆了数日后，梁实秋最后还是觉得不敢留，也不能留，只能走。他将长女梁文茜留在北京大学继续读书，只携幼儿幼女悄然离去。

1948 年 12 月 13 日，梁实秋到达天津，两天后登船南下，由上海到广州中山大学落脚。半年后自香港赴台湾，先后任“编译馆”馆长、台湾省立师范学院英语系主任、文学院院长等。1987 年 11 月 3 日病逝于台北。

04 冰心 VS 林徽因

林徽因与冰心原是好朋友，为何成为仇敌呢？

1930年以后，梁思成、林徽因夫妇搬到北平北总布胡同三号居住，周围很快聚集了一批当时中国知识界的文化精英，如诗人徐志摩、哲学家金岳霖、政治学家张奚若等。这些学者与文化精英常常在星期六下午，陆续来到梁家，品茗坐论天下事。一时间，梁家形成了20世纪30年代北平最有名的文化沙龙，被圈内人士称为“太太的客厅”，令许多知识分子特别是文学青年心驰神往。

有神往的，就有吃醋的，这个人就是林徽因的好友冰心。

未久，冰心写了一篇名为《我们太太的客厅》的讽刺小说，在天津《大公报》副刊连载。作品中，无论是“我们的太太”，还是前来聚会的诗人、哲学家、科学家、外国的风流寡妇，都有一种明显的虚伪、虚荣与虚幻“三虚”，以及庸俗、低俗、媚俗“三俗”。

这“三虚”“三俗”人物，无论是对社会问题的思考、爱情纠葛的体悟，还是对己、对人的期望，都呈现一股颓废情调和猥琐的浊流。有一种“商女不知亡国恨”的做派。

当此之时，林徽因与梁思成等人赴山西调查云冈石窟刚刚回到北平。林徽因一看小说，大怒，本想到冰心家里去大闹一场，正好她从山西带回来一坛又陈又香的陈醋，遂改变主意，立即叫人送给冰心吃用。

此委婉含蓄的处理方法，效果显著。

从此，两人终生再无来往。

05 刘文典 VS 沈从文

刘文典不把一般教授放在眼里，且极端鄙视现代文学，对搞新文学创作的学者更是轻视，放言“文学创作的能力不能代替真正的学问”。

当有学生问刘氏对现代作家巴金作品的看法时，刘文典颇为傲慢地道：“没听说过此人。”

有一次警报响起，日机前来昆明轰炸，西南联大师生匆忙向野外山中或防空洞奔跑躲避，刘文典夹着一个破包袱于狂奔中突然发现他平时最瞧不上眼的沈从文冲到自己面前，立时火起，喝道：“我跑是为了给学生讲《庄子》，你一个搞新文学的跑什么跑呵，要跑也应该是‘庄子’先跑！”

正是由于刘文典对新文学与现代作家的轻视，几年后当他得知学校当局提拔沈从文由副教授晋升为教授时，勃然大怒，对众人大叫道：“在西南联大，陈寅恪才是真正的教授，他该拿 400 块钱，我该拿 40 块钱，沈从文该拿 4 块钱。可我不会给他 4 毛钱！如果沈从文都是教授，那我是什么？我不是成了太上教授？”

06 傅斯年 VS 钱穆

傅斯年号称学界一霸，与在北京大学任教的史学家钱穆先生不和。钱穆的《国史大纲》出版，轰动一时。一度出任浙江大学史地系教授兼主任的张其昀见到傅斯年，便询问他对此书的看法。傅斯年遂高声回答道："我从来不读钱某人的书文一个字。钱某人屡谈西方欧美学术如何如何，那些知识其实都是从《东方杂志》转抄而来的，没有什么自己的发明创造。"

张其昀听罢，回敬道："你既然号称不读钱某人书文一字，又如何知道得这么详细？"

傅氏涨红着脸"吭"了一声，而后愤然骂道："不读他的书就不知道其浅薄可笑了？你见过你老爷爷，也就是你爷爷的老爸没有？"

对方不知何意，摇着头道："没有，早死了。"

"你有没有老爷爷？"

"我当然有老爷爷！"

傅斯年突然仰天哈哈大笑，继而又面色严肃地说道："此谓我不读钱某人书文一字，乃知其荒唐之故也！"

07 李济 VS 钱穆

台湾作家李敖认为，钱穆迟迟评不上“院士”，与李济暗中捣蛋有关。

为证明这个观点，李敖一次开列了李济“悲观”“气量狭窄、小气与态度跋扈专横”“把持职位、学术资料”“师心自用，不善用人，排斥异己，唯我独尊”等九大“罪状”。

除了口诛笔伐，还举例加以佐证，李敖说：李济气焰震主，“中研院”二任院长胡适、王世杰他都不放在眼里并被他操纵。1960 年，“院士”提名会议之前，胡适曾经自己拿钱搜集钱穆的著作，而且提名他竞选“院士”，可是人文组开审查会议时，李济负责审查说钱穆反对胡适，不能提名他竞选“院士”。胡适当时解释说:“我们今天选举‘院士’，是根据他的学术著作，不应该扯到个人恩怨上去。”结果是李济又用钱穆没有正式大学毕业的资格提出否决，因此钱穆不得提名。其他萨孟武等之不能挤进“院士”行列，大率类此。

李敖说的是“中研院”第三届“院士”选举情形，这一届选举，钱穆只得一票，据说是胡适投的。之后的第四届、第五届、第六届，钱穆俱得提名但都没有选上，直到 1968 年第七届当选。

根据许倬云“院士”的说法，钱穆之所以没被选上，是意识形态问题。

因为钱穆总喜欢拿西洋跟中国做比较，他这一比较，李济等人就觉得不行，觉得他知识层面不够。后来蒋介石父子介入此事，命令继胡适出任“中研院”院长的王世杰设法令钱穆选上。钱穆之所以去到台湾就是受蒋介石的邀请，蒋介石还让儿子蒋经国拜钱穆为师，有如此学识、身份的钱穆怎么能评不上“院士”称号？

当然，李济与当年的傅斯年一样，对钱穆是颇有成见的。钱穆当选后，蒋介石举行新选“院士”酒会，李济耻与钱穆同列，故托词未去，以表达自己的不满。而钱穆本人，除出席蒋公主持的酒会外，在长达二十二年的旅台生涯中，再也没有踏进“中研院”大门半步。且在《师友杂忆》中，对“中研院”选举“院士”一事，只字未提。

08 胡适 VS 钱穆（一）

1931 年秋，钱穆受聘到北京大学历史系任教，执教北大期间，钱穆与胡适经常就不同的学术观点进行交锋，其中关于老子的年代问题就是一例。

胡适认为老子所处年代是春秋末期，略早于孔子，因为有孔子问学于老子之说为证，并在自己所著《中国哲学史大纲》中，把传说神仙化的“老子”还原为哲学化的老子。钱穆则认为老子是处于更晚些的战国时期，且晚于孔子，略早于韩非。

两人都对自己的研究很有信心，并在多个公开场合发表自己的观点。有一次胡适面对前来听讲的师生愤然说道：“老子又不是我的老子，我哪会有什么成见呢？”

又据北大学生张中行回忆说：“胡书早出，自然按兵不动，于是钱穆起兵而攻之，胡适不举白旗，钱穆很气愤，一次相遇于教授会，钱穆说：‘胡先生，老子年代晚，证据确凿，你不要再坚持了。’胡适答：‘钱先生，你举的证据还不能使我心服，如果能使我心服，我连我的老子也不要了。’”

文人相逢，动嘴不动手，钱穆与胡适在北大不同场合展开辩论。对此，钱穆后来曾感慨地说：“大凡余在当时北大上课，几如登辩论场。上述老子、孔子两氏不过其主要之例而已。”两人的斗争，之后也是愈演愈烈。

09 胡适 VS 钱穆（二）

与钱穆同一时期受聘于北大历史系的著名教授蒙文通，四川人，师从廖平，钱穆的好友。

蒙文通学识渊博，执教北大历史系游刃有余。但后来，因与胡适关系不甚融洽，被时任北大文学院院长的胡适以“文通上课，学生有不懂其所语者”为由，通知其秋后将不再续聘。

钱穆听说此事后当面找胡适理论，胡适自知理屈，两次“语终不已”。钱穆替蒙氏开脱辩解说：“文通所任，乃魏晋南北朝及隋唐两时期之断代史。余敢言，以余所知，果文通离职，至少在三年内，当物色不到一继任人选。”但胡适对此并不理会，“两人终不欢而散”，蒙文通还是被解聘了。

日后，钱穆暗含讥讽地回忆说：“北大教授蒙文通在北平七八年，胡适仅来访过一次。而且胡适来，仅为告诉蒙文通解聘之事。”“文通在北大历史系任教有年，而始终未去胡适之家一次，此亦稀有之事也。”明眼人一看便知，这个不动声色的补白，意在进一步说明胡适在人事管理方面的霸道与任性。

10 胡适 VS 钱穆（三）

胡适与钱穆皆为大学者，二人在北大由最初的学术观点之争，逐渐发展到人事等各方面的斗争，甚至涉及对各自人格的是非评价。钱穆认为胡适人格低下，不但霸道成性，而且内心相当阴暗，他曾列举一事加以证明："胡适藏有潘用微《求仁录》一孤本，余向之借阅。彼在别室中开保险柜取书，邀余同往。或恐余携书去有不慎，又不便坦言尔。"

对于这一说法，后世研究者大多认为是可信的，胡适确实有这方面的毛病。当年鲁迅在提到胡适给他的印象时说道："紧紧地关着门，门上贴一个小纸条道：'内无武器，请勿疑虑。'这自然可以是真的，但有些人——至少是我这样的人——有时总不免要侧着头想一想。"

钱穆与鲁迅之间的距离，恐怕比他与胡适之间相去更远，有趣的是，钱穆对胡适，经常也不免要"想一想"。

11 胡适 VS 钱穆（四）

如前文所述，虽然胡适与钱穆在北大失和，但胡适从各方面考虑，仍继续聘钱穆任北大教授。不过，一旦涉及实际问题，胡适的态度就变得敌友分明。

有一年，历史系系主任陈受颐休假，有人提议系主任之职是否由钱先生接替。当时任文学院院长的胡适回应说："钱先生刚来北大时是副教授，现在已是教授了。"其他话没有多说，这个建议就搁浅了。

再后来，胡适与钱穆都到了台湾，胡适任"中央研究院"院长，在他有生之年，钱穆一直没能评上"院士"。有一号称"台大历史系跑出的一条小疯狗"名李敖者为此抱不平，认为钱穆在古典方面的朴学成就，更该先被评选为"院士"。

然而，"中央研究院"无论是在大陆时期，还是迁台后的残山剩水，却一直将钱穆拒之门外。要说起这段恩怨，除了胡适的因素外，则与比胡适霸道百倍的傅斯年同钱穆势不两立有很大关系。正如西南联大纪念碑里的一段话所说："文人相轻，自古而然，昔人所言，今有同慨。"

12 吴宓 VS 胡适

吴宓在东南大学任教时，与好友梅光迪、胡先骕、柳诒徵等一起创办了《学衡》杂志，吴宓任总编辑。《学衡》杂志以“昌明国粹，融化新知”为宗旨，提倡文言文，反对白话文，认为文言优于白话，白话是“以叙说高深之理想，最难剀切简明”，极力主张言文不能合一，所谓“新文化运动”为“模仿西人，仅得糟粕”，攻击新文化运动的领袖陈独秀、胡适等人是诡辩家、模仿家、功名之士、政客等。因《学衡》杂志和撰稿人在学术界的影响，逐渐在思想文化界形成了一个文学复古、反对新文化运动的流派，号称“学衡派”。

吴宓是反对白话文的主将，与提倡白话文的主将胡适自是学术上的冤家对头，一次酒会上，二人相遇，恰逢社会上流行“阴谋”的口头禅，胡适便戏问：“你们‘学衡派’，最近有何新阴谋？”

吴宓便戏答：“有。”胡适笑着说：“可得闻乎？”吴宓说：“杀胡适！”举座失色。

13 黄侃 VS 胡适

新文化运动刚兴起的时候，北大一批老派教授对于搞文学革命、主张白话文写作的一批新派教授恨之入骨，如章太炎的大弟子黄侃教授，对胡适搞的一套文学主张极不顺眼，见人便提出来叫骂一通。有一次在课堂上，黄侃大声叫骂说：“胡适之说作白话文痛快，世界上哪有痛快的事，金圣叹说过世界上最痛的事莫过于砍头，最快的事莫过于饮酒。胡适如果要痛快，可以喝了酒，再仰起脖子来叫人把头砍掉。”

又有一次，黄侃在课堂上骂胡适，说：“胡适鼓吹白话文如何如何好，我看未必，比如胡适的母亲死了，拍个电报，说‘母亡速归’，就可以了。如果换成白话文，要写成，‘胡适啊，你母亲死了，赶快回家奔丧’。你说，这多费劲儿？”

14 胡适 VS 冯友兰

美籍华人、著名史学家何炳棣在1993年发表的一篇文章《胡适先生杂忆》中说:“适之先生一生最不公道的是他对冯友兰先生性格和学术方面反复的评讥与否定。”

据钱穆回忆，胡适说过:“天下蠢人恐无出芝生右者。”即胡适认为冯友兰是天下最蠢的人。

1947年5月22日，中央研究院首届院士选举第一轮正式推举前，胡适在哲学组推荐了吴稚晖、金岳霖等三人。而当时已有“当代中国哲学第一人”之誉的冯友兰却没能入胡适的法眼。

1950年1月5日，胡适日记载:“前些时曾见冯友兰的《中国哲学史》，实在太糟了。我应该赶快把《中国思想史》写完。”

20世纪50年代末，胡适在给史学家严耕望的一封信中，再次说到冯友兰的《中国哲学史》，他说:“冯书最便检查。但不列原书所举僧名，最为无识！”

1955年1月24日，胡适又在日记中谈到冯友兰:“旧历乙未元旦……写完冯友兰《中国哲学史》书评。《美国历史评论》要我写此书英译本(德克·博德译)的书评，我耽误了半年，今天扶病打完。为此事重看冯书两遍，想说几句好话，实在看不出有什么好处。故此评颇指出此书的根本弱点，即是他(冯友兰)自己很得意的‘正统派’观点(见自序二)。‘正统派’观点是什么？他自己并未明说，但此书分两篇，上篇必须以孔子开始，力主孔子以前无私人著述，力主孔子‘以能继文王周公之业为职志’，‘上继往圣，下开来学’。下篇必须叫作‘经学时代’，也是此意。(但更不通！)陈寅恪(审查报告二)说得比他清楚:'中国自秦以后，迄于今日，其思想之演变历程，至繁至久，要之，只为一大事因缘，即新儒学之产生及其传衍而已！'此即所谓'正统派'观点也。"

1961年4月30日，胡适在与朋友交谈中说:"在天主教办的一个刊物上知道冯友兰在那边认过一百三十次错，自己承认是无可救药的资产阶级。他(冯友兰)本来是个会打算的人，在北平卖了不少的房地产。1950年在檀香山买了三个很大的冰箱带回去，冰箱里都装满东西，带到大陆去做买卖，预备大赚一笔的。他平日留起长胡子，也是不肯花剃胡子的钱。"

第五章

师与生，情与义

01 梅贻琦说：师生就是师生

梅贻琦平生对个人要求甚严，对物质要求甚俭，若说有个例外，或称为小小爱好，便是饮酒。然而梅贻琦对酒的品种亦如对待饭食，并不苛求，有酒即可。在昆明时，限于物质条件，常饮者乃廉价的白酒或米酒。后来条件时好时坏，饮的酒也随之变换花样。时间久了，梅贻琦爱喝、能喝但不闹酒的名声在学界传播开来，每遇他人在酒场敬酒，梅贻琦总是来者不拒，极豪爽痛快地一饮而尽，因而在同人与学生心中，落了个“酒风甚好”和“酒圣”的美名。

1947级清华校友蔡麟笔曾有过如下一段深情的回忆：“自美国返台后，梅校长时常约清华各级校友餐叙。当时在台的清华校友如吴国桢、孙立人、贾幼慧、胡适、叶公超等显要人物也常邀请他同饮。而年级晚、地位低的校友邀请他，梅校长不管什么草庐陋巷，上漏下湿，也准时赴约。酒酣耳热之际，一向沉默寡言的梅校长也会打开话匣子，与学生们谈笑风生，欢饮而归。”

有一次蔡麟笔问梅贻琦：“何以对毕业同学不计名位一律看待呢？”梅贻琦答：“师生的感情是自然的，是有因缘的，各个人的际遇不同，环境有异，年级低，年龄小，当然不会像高年级的同学一样。所谓富贵权势全是世俗所崇尚的身外之物，师生就是师生，如果以权位富贵来衡量，那还能算师生吗？那是商贾的行为。”蔡麟笔说：“当时在座的有刘崇鋐、查良钊、包华国等多位，听了全默然久之。”

02 梅贻琦为师典范

梅贻琦校长酒量既大，酒德更高，从不推三推四，斤斤计较，看他一杯杯和敬酒的人干杯，从容自在，不由得令人肃然生敬。即便有时喝过了量，也从不失态。所以大伙儿公上他老人家“酒圣”的尊号，据蔡麟笔回忆，梅校长返台后，首次参加清华校友于 4 月 29 日的校庆。活动一如在北平时的作风，老少三代、成人小孩全欢迎。席间，校友纷纷向梅校长敬酒，孩子们也仿学成人之样儿向梅校长敬酒，梅校长一一站起来干杯。当时在场的蔡麟笔小声对梅校长说:“梅先生何必干杯，又何必站起来，他们是小孩子，酒杯里是汽水。”梅贻琦听罢，正色严肃地对蔡麟笔说:“这就是教育，他们是小孩子怎可以饮酒？然而人格与我相同，岂可因为我是校长，年龄大，就视若无睹？我正应该做一个典范。”蔡麟笔说:“这几句话，真令人‘口呿而不合，舌举而不下’，愧然呆若木鸡者久之。很惭愧，我对我的学生，恐怕现在还办不到。”

03 闻一多门下“二家”之陈梦家

陈梦家、臧克家都是当代著名诗人，他们有一个共同的老师是闻一多。

陈梦家少年时代就显示出驾驭文字的过人才华。1927 年夏，刚满十六岁的陈梦家以同等学力考取中央大学法律系，但他很快发现自己对法律没兴趣，而是醉心于创作新诗，其诗作也很快引起诗坛注意。1931 年年初即出版了成名作《梦家诗集》，此时陈梦家尚不满二十岁。

陈梦家之所以年纪轻轻就在诗歌创作上赢得了声名，与闻一多、徐志摩二人的悉心指导密不可分。1927 年，陈梦家入学这一年，恰好闻一多受聘到中央大学任文学院院长，陈梦家多次慕名向闻一多请教诗歌创作，闻一多也很看好他的文学天赋，遂悉心教导，不久陈梦家便成为闻一多的得意门生。在闻一多的指点下，“少年天才”陈梦家就步上了诗歌与戏剧创作之路。

1928 年，闻一多向刚刚创办的《新月》月刊推荐陈梦家创作的剧本《金丝笼》和《药》，随后又推荐了几篇诗作。自此，陈梦家成为新月派的一员，并逐渐成长为新月派后期一员健将，一度引起广泛瞩目的《新月诗选》即为陈梦家选编。

1937 年淞沪会战之后，陈梦家受邀到青岛大学中文系任助教，颇受文学院院长闻一多器重。据梁实秋说：“陈梦家是很有才气而不修边幅的青年诗人，一多约他到国文系做助教，两个人颇为相得。有一天他们踱到第一公园去看樱花，走累了就到一个偏僻的地方去休息，陈梦家无意中正好坐在路旁一个‘招募新兵’的旗子底下，他蓬头垢面，敞着胸怀，这时节就有一个不相识的老者走了过来缓缓地说：‘年轻人，你什么事不可干，非要来

干这个！’一多讲起这个故事的时候，他认为陈梦家是过于名士派了。还有一次一多写一短笺给他，称之为‘梦家吾弟’，梦家回称他为‘一多吾兄’，一多大怒，把他大训了一顿，在这种礼节方面，一多是不肯稍予假借的。”

04 闻一多门下“二家”之臧克家

陈梦家是闻一多在南京中央大学做文学院院长时培养的诗人，后随闻一多到青岛大学当助教。藏克家是闻一多在青岛大学时的学生。

臧克家于1930年由山东诸城县中学考入青岛大学外文系，后因酷爱写诗作文，经闻一多同意转入中文系，自此“成为闻一多先生门下的一名诗的学徒”。每当臧克家写了自己认为值得一看的诗，便请闻一多批阅，闻一多总是先拾起红锡包香烟，自己吸上一支，而后客气地让臧克家吸一支，两人一边吸着烟，喝着茶，一边谈论诗稿。

只要闻一多看上眼的诗稿，大多推荐给《新月》发表，臧克家的成名作《难民》和《老马》，就是最先由《新月》推出而一路走红的。据臧克家回忆，当时《新月》给的稿费极高，有一次发表了八行诗就给了他四块大洋，这几乎是他一个月的生活费。

臧克家在青岛大学那几年，凭着自己的才华和闻一多等人的指点，进步迅速，很快成为诗坛一颗耀眼的新星。

闻一多在自己的书斋桌上放了两张相片，并时常对来访的客人指点着说“我左有梦家，右有克家”，言语间不无得意之色。“闻氏门下有二家”之说，便在校园传开。

青岛大学时代的闻一多，兴趣已转向中国文学特别是《诗经》《楚辞》等方面的研究，由诗人变为典型的学者。由于诗名在外，学生们仍期望读到闻一多的新诗。有一次，臧克家随闻一多散步，谈到诗，臧克家直言相劝：“先生您应该写诗啊，为什么不写了？”

闻一多听罢，略带感慨地答道：“有你和梦家在写，我就很高兴了。”

05 金岳霖的学生殷海光

前些年，台湾作家李敖曾多次在电视或文章里提到他的台大老师殷海光，称其为良师益友，很是感念，于是更多人知道了“殷海光”这个名字。

其实，殷海光原名叫殷福生，中学时代迷上了哲学，曾写信向清华大学金岳霖教授求教，希望进一步学习哲学知识。而热情的老金，也给予了无私的帮助。

晚年的金岳霖在一篇小文中提过此事，文中说：“我同燕京大学哲学系主任张东荪的关系，一部分是好的，另一部分是不愉快的。先说不愉快的部分。殷福生是当时要学逻辑的青年，写信给我要学这门学问。我问张东荪，有什么青年可以做的事，边学边做事，也能得点钱过日子。他说那好办。我就让殷福生到北京来了。来了之后，张东荪说没有事给殷福生做。我只好维持殷福生的生活。有多久，现在忘了。”

正是得益于金岳霖的资助和言传身教，殷海光后来才有了上西南联大求学的机会，并从金氏哲学中受益良多。

到台湾之后，殷海光凭着一张大嘴和湖北人的聪明，吸引了一批激进青年围观膜拜，一时声名鹊起，号称中国台湾地区20世纪五六十年代最具影响力的学者。

但同为西南联大哲学系学生、金岳霖的爱徒王浩曾评价殷海光说：“其实殷海光不懂哲学，不过他很有口才，而且是个政治宣传家。”后来殷海光在台湾专门宣传政治自由主义。晚年的时候，国民党等于把他软禁起来。殷海光五十几岁得癌症去世了。

06 殷海光临死前的遗憾

前文说到殷海光晚年得了重病，住院期间，台北“中华电视台”曾经采访过他，问他一生中还有什么未了的心愿，殷海光说：“我没有什么心愿了，唯一让我遗憾的是没能再见一下我的恩师金岳霖先生。五十年了，我很想念他。你们将来有机会去大陆，请替我问候一下，就说他的学生殷福生很想念他。”两个月以后，殷海光撒手人寰。

海峡两岸民间交往解冻后，台北“中华电视台”记者来到北京并采访了已近九十岁的老金。当记者问金岳霖是否还记得曾教过一个叫殷海光的学生时，老金说：“我太老了，教过的学生很多，记不得了。”

记者说：“可是您的学生还记得您，对您给他的帮助念念不忘。”老金笑盈盈地回应：“都是过去的事情了，还提它干吗?！”这位记者走后，同在现场的北大哲学系主任汤一介问老金，说：“金先生您的记性那么好，难道真的忘了这个叫殷海光的学生了吗？”老金笑了笑说：“没有。殷海光在海内外有一点小名气，这是他自己努力的结果。真难为他还能记得我。他是湖北人，我那时年轻，孤身一人，每月有几百块大洋，我又用不完，殷福生很穷，我资助过几十个哲学系的学生。我从来没有想过让他们回报我。我对殷海光好，不是为了他将来报答我。一个人真心地帮助别人，不是为了别人怎么回报。善之为善，不求回报，这才是善的原意啊！”汤一介听了这番解释，心中更加感佩老金的为人。

07 金岳霖为师的雅量

1934 年，清华出身的沈有鼎在哈佛拿到硕士学位后，又转学德国，先后在海德堡和弗赖堡大学杰浦斯和海德格尔指导下从事哲学研究。1934 年回国任教于清华大学，次年任教授，旋名震清华，声播各界，被好事者誉为“中国逻辑学界的开拓者、先行者与天才人物”。

事实上，早在清华读书期间，沈有鼎就以才华出众令师生刮目相看，他的业师金岳霖，与“哈佛三杰”之一的哲学家汤用彤都认为沈生才气非凡，日后堪当大任。而沈氏自己也感觉良好，且不免自负，直至成为清华校史上特别值得记述的传奇人物之一。

许多年后，已迁至中国台湾的金岳霖的学生殷海光（福生）临终前出了一本回忆录性质的书《春蚕吐丝》。书中讲到抗战前的北平逻辑研究会，说的是在一次聚会上，有人提起著名逻辑学家库尔特·哥德尔研究的重要性，金岳霖说要买他一本书看看，而他的学生沈有鼎听后却把头一歪，直言不讳地对老师金岳霖说：“老实说，这本书你看不懂。”老金闻言，先是“哦、哦”两声，然后说：“那就算了。”

殷海光在一边听到他们师生两人的对话大为吃惊。学生不客气地表达看法，老师立刻接受他的建议，这在内地是从来没有的。

老金在西南联大时的得意门生，是当时在美国已是学界名人的王浩，曾在文章《从金岳霖先生想到一些事》中对殷海光的这段记载评论说，此事“大致不假”，而且觉得“大家都该有金先生这种‘雅量’，如果在一个社会里，这样合理的反应被认为是奇迹，才真是可悲的”。

08 华罗庚的豁达豪气

华罗庚身患残疾，但天生心性豁达，富有一种豪气和洒脱。在西南联大任教的八年艰难岁月里，虽然生活贫困，只能与闻一多一家同室居住，但他总是面带微笑，热情地与师生们一起研讨数学难题。

此点从联大外文系学生赵瑞蕻的回忆中可窥其一斑，赵瑞蕻说："1939年秋，有一天上午，我在联大租借的农校二楼一间教室里静静地看书，忽然有七八个人推门进来，我一看就是算学系教授华罗庚先生和几位年轻助教与学生，我认得是徐贤修和钟开莱。这两位学长后来都在美国大学当教授，成了著名的学者专家。他们就在黑板前几把椅子上坐下来，一个人拿起粉笔在黑板上开始演算，写了许多我根本看不懂的方程式。他边写边喊：'你们看，是不是这样？……'这时清华大学算学系毕业留校任助教的温州老乡徐贤修站起来大叫：'你错了！听我的！……'他就上去边讲边在黑板上飞快地写算式。跟着，华先生拄着拐杖一瘸一拐地走过去说：'诸位，这不行，不是这样的！……'后来他们越吵越有劲，我看着挺有趣，当然我不懂他们吵什么，最后，大约又吵了半个钟头，我听见华先生说：'快十二点了，走，饿了，先去吃点东西吧，一块儿，我请客！……'"

华罗庚的乐观旷达和积极进取，促进了他学术研究的不断进步，也就是在这一时期，他完成了数学领域丰碑式的巨著《堆垒素数论》。华氏凭借这部著作荣获国民政府教育部1941年（第一届）自然科学类一等奖（仅一名），由此成为中国的"数论之父"。1947年苏联科学院出版了华氏的著作，世界范围的数学界为之震动。熊庆来当年的预言果真成为现实。

ax+by=N, a>0, b>0, (a,b)=1
R(N; a,b)=N/ab+1-{b'N/a}-{a'N/b},

09 华罗庚传奇

华罗庚少年生活困窘，初中毕业即辍学。后染伤寒病，尽管挽回了性命，却落下左腿残疾。经人介绍，华罗庚到金坛中学当会计，业余时间钻研数学。

1930 年 12 月，华罗庚的《苏家驹之代数的五次方程式解法不能成立之理由》一文在《科学》第 15 卷第 2 期发表，此文很快进入清华大学数学系主任熊庆来的法眼，碰巧清华数学系有位教员唐培经是金坛人，知道华罗庚的一点情况。爱才如命的熊庆来遂与同事杨武之等教授以及院长叶企孙商量，把华罗庚调至清华栽培。在得到院长同意后，熊庆来让唐培经发一封电报给华罗庚，简单说明事由并让其快寄一张照片与唐培经，同时约定北上的时间和车次，以便接站。

1931 年 8 月，唐培经按照约定的时间在火车站第一次见到华罗庚时，不免有些意外，因为看到华罗庚的左腿有些跛。不过，华罗庚虽然身有残疾，但头脑清醒，到清华后，熊庆来热情接待了他，几句话聊下来，对华罗庚的敏捷反应十分喜爱。熊庆来以一个教育家和数学家的直觉，预感到华氏“他日将成为异军突起之科学明星”。

之后，华罗庚被安排在清华园算学系当助理员，边打工边学习。在熊庆来教授与叶企孙院长的关照下，华氏只用一年时间就读完了大学算学系的全部课程，同时自学英、法、德文，为进一步的学术研究做准备。

1936 年，华罗庚得到中华文学教育基金会乙种资助金 1200 美元，赴英国剑桥留学深造，两年中发表了十多篇论文，引起国际数学界的高度关注，一颗数学界的新星就此升起。

10 决定吴宓学术人生的校长

1916年，吴宓于清华学校毕业，想入哥伦比亚大学修习新闻学。周诒春校长根据平时对吴宓的观察，认为“宓无交际之活动之才能，不谙习实际事务与社会人情，绝不宜为报馆访员（记者）。统观宓之才性，最适合于文学（Literature）。故派定宓学习‘文学’”。

吴宓听从其言，入美国弗吉尼亚大学与哈佛大学攻读比较文学，如鱼得水，学问大有长进，与陈寅恪、汤用彤并称“哈佛三杰”。回国后，吴氏在文史领域成就斐然，相继成为学衡派主将，清华国学研究院主任、大学部教授和抗战时期西南联大的部聘教授，以及红学研究专家、诗人等，名贯儒林。许多年后，吴宓回顾自己一生事业，发出周诒春校长“实是宓之知己”的感叹。

11 胡适的斗士傅斯年

新文化运动的主将胡适，二十岁留学美国，二十七岁回北大当了教授，很快暴得大名，可谓一路顺风。

但是，胡适也有点背的时候，比如说他到北大讲哲学史，上来就把历史脉络从西周割断，直接从东周讲起，为什么？因为他认为东周以前无确切的历史，就不讲。这一下，那些不认同胡适这一观点的学生便造起反来，想把他赶走。当时在北大求学的傅斯年本不是哲学系学生，但在同室顾颉刚的鼓动下去旁听了几次胡适的课。结果听完之后傅斯年非常满意，于是对几位同学说："这个人虽然读书不多，但他走的这条路是对的。你们不能闹。"

傅斯年当时属于北大学生中的第一牛人，他这一句话，别人就不闹了，年轻的教授胡适在北大讲坛也慢慢站稳了脚跟。

如果没有傅斯年，胡适恐怕早被学生赶出北大了。

抗战胜利后，胡适被任命为北大校长，在就任之前由傅斯年代理校长职位。当时面临大批伪教职员要进入北大就职，傅斯年坚决拒之门外。已通过各种关系挤入门内者，傅氏毫不留情地清退之。最后，伪教职员全部屎壳郎搬家——滚蛋。对此，伪教职员公开宣称傅斯年是胡适的一名打手，但傅斯年不承认，他在史语所复员南京时的酒会上，公开对众人道："人们说我是胡先生的打手，不对，我是胡先生的斗士。"

12 薪火相传，四代同堂

1962年2月24日，胡适去世前，最后一次参加台湾"中央研究院"选举新一届"院士"的会议时，曾说过这样一段话："我今天还可以讲一个故事。我常向人说，我是一个对物理学一窍不通的人，但我有两个学生是物理学家：一个是北京大学物理系主任饶毓泰，一个是曾与李政道、杨振宁合作证验'对等律之不可靠性'的吴健雄女士。而吴大猷却是饶毓泰的学生，杨振宁、李政道又是吴大猷的学生。排起行来，饶毓泰、吴健雄是第二代，吴大猷是第三代，杨振宁、李政道是第四代了。中午聚餐时，吴健雄还对吴大猷说：'我高一辈，你该叫我师叔呢！'这一件事，我认为生平最得意，也是最值得自豪的。"

胡适的"代数排列法"虽算不上科学，但大体说来还是不差的。1891年生于江西临川的饶毓泰，本与胡适是中国公学的同学辈人物，但因十七八岁的胡适为了生计兼任英语教师，饶毓泰便成了胡适的学生。因此，胡适在他的《四十自述》中说："以学问论，我那时怎配教英文？但我是个肯负责任的人，肯下苦功去预备功课，所以这一年之中还不曾有受窘的时候，我教的两个班后来居然出了几个有名的人物：饶毓泰（树人）、杨铨（杏佛）、严庄（敬斋），都做过我的英文学生。后来我还在校外收了几个英文学生，其中有一个就是张奚若。可惜他们后来都不是专习英国文学；不然，我可真'抖'了。"

13 胡适授给吴健雄的治学秘籍

1936年10月30日，时为北京大学文学院院长的胡适给刚到美国进修的学生吴健雄写了一封信，授以治学的秘籍：“凡治学问，功力之外，还需要天才。龟兔之喻，是勉励中人以下之语，也是警惕天才之语。有兔子的天才，加上乌龟的功力，定可无敌于一世。仅有功力，可无大过，而未必有大成功。你是很聪明的人，千万珍重自爱，将来成就未可限量。这还不是我要对你说的话，我要对你说的是希望你能利用你的海外住留期间，多留意此邦文物，多读文史的书，多读其他科学，使胸襟阔大，使见解高明……做一个博学的人。”又说：“凡第一流的科学家，都是极渊博的人，取精而用弘，由博而反约，故能有大成功。”年轻的才女吴健雄正是遵照胡适当年的要求与期望去做了，故有后来成为一个伟大学人的成功，被誉为世界物理学皇后。

1943年5月10日，胡适写信对吴健雄说：“我曾说：‘无心插柳，尚可成荫；有意栽花，当然要发。’我一生到处撒花种子，即使绝大多数都撒在石头上了，其中有一粒撒在膏腴的土地里，长出了一个吴健雄，我也可以百分快慰了。”

14 二房东吴晗

钱钟书、夏鼐、吴晗被誉为“清华三杰”，至于“三杰”的前后排列次序则有多种说法。无论如何，吴晗是个聪明人，也是个很好的读书人。然而，聪明的好读书人不见得面面皆好，比如吴晗在西南联大的表现，就令有些学生不服或感到不满。

曾就读于西南联大土木、历史、中文、外文四个系的何兆武，在后来口述的《上学记》一书中提及了吴晗，并明确表示不喜欢吴晗的课，原因是吴晗不是对历史做综合的观察，而是分成许多条条框框，如中国的官制、中国的经济等，把历史分割成许多专史，缺乏综合的整体观点。

在生活中，吴晗有几件事也给何兆武留下了很不快的印象。何氏说：“我的姐姐是38级经济系的，毕业以后不能住在学校，得找个房子住，吴晗那时候是二房东，租了一所很大的房子，然后分租给租客，我姐姐就租了他一间小房。‘二房东’在旧社会是一个很不好听的名词，被认为是从中剥削，吃差价。吴晗经常赶人搬家，说是有亲戚要来住，要把房子收回去。不知道他是不是真有亲戚要来，不过在旧时代，二房东要涨房租的时候总是这样赶你走。吴晗轰过我们几次，给我留下了深刻的印象。”

15 钱钟书的狂话

直到现在，坊间还流传着一则逸闻，说钱钟书离开西南联大时公开说："西南联大的外文系根本不行，叶公超太懒，吴宓太笨，陈福田太俗。"

这话是怎么来的呢？起源是周榆瑞的一篇文章，名为《也谈费孝通和钱钟书》，最早刊发于1979年8月4日台湾《联合报》，后又收入天一出版社1985年出版的《钱钟书传记资料》一书。周榆瑞是早年清华外文系学生，他在该篇文章中说——记得一次陈福田老师对我若有所憾地说："在清华，我们都希望钱钟书进入研究院继续研究英国文学，为我们新成立的西洋文学研究系增加几分光彩。可是他一口拒绝了，他对人家说'整个清华，没有一个教授有资格充当钱某人的导师！'这话未免有点过分了。"吴宓老师对于钱钟书之拒绝进入清华研究院却没有不高兴，他说："学问和学位的修取是两回事。以钱钟书的才质，根本不需要硕士学位。当然，他还年轻，瞧不起清华现有的西洋文学教授也未尝不可。"

到底是不是叶公超太懒？叶公超的学生许渊冲认为："作为学者，这话可能不无道理，因为胡适要他和徐志摩、闻一多、梁实秋四人合译《莎士比亚全集》，结果他一本也没有翻，却让梁实秋一个人译完了。"

许渊冲在《钱钟书先生和我》一文中，也列举了很多说明叶氏之懒的例子：如叶公超的学生季羡林说"他几乎从不讲解"；另一个学生赵萝蕤说"我猜他不怎么备课"；叶公超的同事柳无忌说"这时的西南联大尚在草创阶段，三校合并，人事方面不免错综复杂，我们的外文系却相安无事，那是由于公超（系主任）让教授各自为学，无为而治的政策——我甚至不能记忆我们是否开过系务会议"。

对此，许渊冲以自己的身心感受说："还记得 1939 年 10 月 2 日我去外文系选课时，系主任叶先生坐在那里，吴宓先生站在他旁边，替他审查学生的选课单，他却动也不动，看也不看一眼，字也不签一个，只是盖个图章而已，真是够懒的了。"

有好事者考证，钱钟书所写小说《围城》，那个诗人曹元朗的原型便是叶公超，倒不是因为叶公超有一张"圆如太极的肥脸""脸上一圈圈的笑疤，像投了石子的水面"，而是叶公超与书中的曹元朗都是留学剑桥的新诗人。后来有一外国记者听到这一传闻，专门采访过叶公超，问及他与钱钟书的师生缘，叶公超"顾左右而言他"，后来又说记不得有这么一号人了。

16 冯友兰做法有失身份

抗战后期，西南联大学生中间掀起一股加入国民党青年军的热潮，参军学生经过短暂培训后，大多数成为汽车驾驶员在印缅公路上奔波，学生们也因此对国民党军队的腐败有了切身体会。

据《联大点滴》记载："联大校方于七月二十九日开会欢迎回国的从军同学，席间被欢迎者无不牢骚满腹，对精神上、物质上的痛苦叙述得很详尽，竟有高呼'救救我们'的。理学院院长吴有训对他们做了一个测验，结果愿继续干下去的人很少。张奚若教授很感动地说：'目前要改善你们的生活，简直是不可能。'这时冯友兰教授闪闪烁烁地发表观点说：'从这方面来说政府是对的，那一面是不对的。'张老听了霍地站起来说：'这种说法，简直是胡说八道！'一时掌声雷鸣。"

马逢华曾说当年他和萧公权闲聊，说起清华旧事，萧公权说，战前清华园教授同人之间就流行这样的说法：陈岱孙怎么说，事情就怎么做；事情怎么做，冯友兰就怎么说。

西南联大的学生邹承鲁成为院士后，在答《科学文化评论》杂志记者问时，记者问他："西南联大的先生里您最欣赏谁，最不欣赏谁？"

邹承鲁说："最佩服的是陈寅恪，最不欣赏的是冯友兰。"

同是西南联大学生的何兆武在评价邹承鲁言时说："这话说来似乎有点不敬，不过当年我们做学生的大多对冯友兰的印象不佳，主要还是出于政治的原因。冯友兰对政治一向紧跟高举，像他《新世训》的最后一篇《应帝王》鲜明地表现出想做'帝王师'的心态。在我们看来，一个学者这样做不但没有必要，而且有失身份。"

17 杨振宁、季羡林对叶公超的差评

杨振宁在西南联大读一年级时，上过外文系主任叶公超的英文课。杨生眼中，叶公超的表现相当糟糕，杨振宁说："联大绝对是一流的大学。我们两人后来的工作都要感谢联大给我们的教育。但叶教授的英文课很糟糕。他对学生不感兴趣，有时甚至要捉弄我们。我不记得从他那里学到什么东西，许恐怕英文水平也和我差不多。"

后来叶公超离开昆明到国民政府当官去了，此一转变，有一清华出身的老学生名王辛笛者，一度做痛心疾首状，呼曰："在旧日师友之间，我们常常为公超先生在抗战期间由西南联大弃教从政深致惋叹，既为他一肚子学问可惜，也都认为他哪里是个旧社会中做官的材料，却就此断送了他十三年教学的苜蓿生涯。"

对于王辛笛之说，同为清华外文系叶氏门生、比王氏高一届的季羡林却不以为然，季羡林说："第一年英文，教授就是叶公超先生，用的课本是英国女作家 Jane Austen（简·奥斯丁）的《Pride and Prejudice》（《傲慢与偏见》）。公超先生教学法非常奇特。他几乎从不讲解，一上课，就让坐在前排的学生，由左到右，依次朗读原文，到了一定段落，他大声一喊：'Stop（停）！'问大家有问题没有。没人回答，就让学生依次朗读下去，一直到下课。学生摸出了这个规律，谁愿意朗读，就坐在前排，否则往后坐。有人偶尔提一个问题，他断喝一声：'查字典去！'这一声狮吼有大威力，从此天下太平，宇域宁静，相安无事，转瞬过了一年……"又说："谈到名士，中国分为真假两类，是真名士自风流，什么是真名士？只要把俞平伯与叶公超一比，泾渭立即分明。而'大家一致的意见是，俞是真名士，而叶是假装的

名士’。”

最后，季羡林语中带刺地说：“我的看法同辛笛大异其趣。根据我个人在同俞平伯先生对比中所得到的印象，我觉得，公超先生确是一个做官的材料。你能够想象俞平伯先生做官的样子吗？”

18 人非狗熊，学乃狗熊

姚从吾学名姚士鳌，虽留学德国，喝过洋墨水，但在北京大学历史系任上，还是土土的，学生们乃把“姚士鳌”戏呼为“姚土鳖”，深为他所忌，乃用姚从吾之名代之，到了台湾之后亦是如此。有一次，姚从吾与学生李敖两人照相，洗好后，李敖送姚从吾一张，背面题“士鳌老师惠存”等字样。后来一个偶然机会，李敖又看到这张照片，背后“士鳌”两字已被他偷偷涂去，自改为“从吾”矣！

姚从吾不仅行事作风带着土味，还喜欢跟学生称兄道弟，李敖回忆说：“读大二时，我选了姚从吾老师的‘辽金元史’。此公挺着一个大肚皮，讲课时最喜欢用手去揉搓，满头白发，造型厚实朴拙，他一大把年纪，却对我们满口自称‘兄弟’。第一堂课下来，班上女生众口纷纷，笑谓他怎么跟我们称兄道弟呀？他那么老，被他称‘兄弟’，多倒霉呀！姚从吾老师满口乱牙，我从没见过一个人有那样乱的牙。他的牙，每颗都很大，并且很多，我始终怀疑他不是‘重瞳’而是‘重牙’，牙齿比一般人要多。”

李敖认为，姚从吾在生活上不是笨伯，但在做学问上实在太笨了。李敖曾在一篇文章中说：“像我从前有位老师叫姚从吾，是辽金元史专家，非常用功，最后死在书桌上。但是他太笨了，他是辽金元史专家，而《元史》却没有看过一遍，多令人惊讶！就好像一只狗熊进到玉米园里，折一根玉米挟在腋窝下，左摘右丢，弄了一夜，出园时腋下还是只剩那一根。他们看过的东西随时扔掉了！我看过太多这一类的人，我只能说他们选错了职业！”

李敖的毒舌由此可见一斑。

19 赵俪生对清华老师的评价

1934年入清华大学外语系就读的赵俪生，经常去历史系旁听历史课，后来对几位教授做过如此评价:“当时有些教师、有些课，也确实不怎么样，如刘崇鋐的世界通史课和雷海宗的中国通史课，就是显著的例子。刘老师后来在台湾被吹捧成史学的泰斗，可当年教我们时，他的课纯乎是一大堆bibliography(资料)，某著者、某书、某页，无摘引，无转述，无议论，无概括，两堂过去，笔记上记的全是杂乱无章的数据。呜呼！雷老师呢，大概认为中国通史课嘛，你讲深刻的学生也听不懂，于是就像说相声似的‘扯’吧。六十年后，我至今仍清清楚楚记得第一堂课，老师一上课就念诵道:‘天地混沌如鸡子，盘古生其中，一万八千岁……’假如这是讲神话学课倒还罢了，可这是讲中国通史呀?！古往今来，天底下地皮上，哪有讲中国通史这么个讲法的?！真是令人百思不得其解。”

20 齐世荣对清华老师的评价

1947年由燕京转入清华历史系三年级就读的齐世荣，在谈到业师雷海宗时说:“在清华读书两年期间，听了雷先生的课，给我印象最深的是西洋近古史和西洋文化史这两门。雷先生学问渊博，贯通古今中西，讲起课来井井有条，从不‘跑野马’，总是围绕中心题目加以发挥，并能深入浅出，强烈吸引着学生的注意力。他授课的某些内容，在时隔五十年之后，我仍记得清清楚楚。雷先生开的西洋近古史这门课，第一章照例是宗教改革。第一堂先从中世纪基督教在欧洲的巨大作用讲起。他以‘七礼’为例，说当时一个人从出生到死都离不开教会：婴儿一出生，要受洗礼；长大成人，结婚时要由教士主持婚礼；临终前要行敷油礼。这样一讲，立刻引起了学生的兴趣。然后，雷先生再讲教会的腐败，接着很自然地引出了路德的宗教改革。再如，他在讲《堂吉诃德》这部名著的划时代意义时，说‘它使全欧洲在一阵大笑中结束了骑士文学’。像这样的警句，几乎每堂都有。”

又说:“雷先生博闻强记，上课从不带讲稿，连卡片也没有，只有粉笔一两支。但如前面所说，他讲课极有条理。最使我惊讶的是：每节课结束时，恰好讲完一个题目。下次课开始时，正好接着上次的内容来讲。”

21 蔡元培遭学生围堵

1922年10月，北大教授评议会通过一项办法，规定学生必须交讲义费，部分学生闻讯大怒，纠集一干人马气势喧腾地来到办公楼前示威，要求学校当局立即取消这一规定。校长蔡元培告诉示威的学生必须服从规则，但在五四运动胜利后被权力和欲望膨胀起来的学生，已不再把这位“北大之父”放在眼里，继续高喊口号并张牙舞爪地拥进教室和办公室，势要揪出制定这条“可恶规定”的人，砸烂他的“狗头”。

蔡元培见闹事学生如此嚣张，遂一改往日温文尔雅的面目，一边把袖子高高地卷到肘子之上，一边摇摆着拳头，声色俱厉地大叫道：“你们这班懦夫，有胆的就请站出来与我决斗。如果你们哪一个敢碰一碰教员，我就揍他！”

蔡元培向示威学生逼近几步，对方就后退几步，但始终围成一个半圆形，如同群狼围攻猛虎，幸得北大教务长顾孟余闻讯出面表示延期收费，紧张的局面方得缓和。

这件事给继任的北大校长蒋梦麟留下了深刻的印象，并清晰地记住了在此次纷乱中有一个高个子青年，一直躲在人群背后暗中鼓动学生们高声叫骂。后来学校开除了几个闹得最凶的学生，但这位鬼头鬼脑的青年成了漏网之鱼，毫发未损。多少年后，蒋梦麟在一个偶然场合发现了他，此人已成手腕圆滑的政客，而且还是一个心黑手辣的贪官。据说此人抗战胜利不久即死去，空留下了一大堆造孽钱。对此，蒋梦麟得出一个结论，即生活中那些总是鬼头鬼脑的家伙，多半会成为社会的渣滓与不良分子。

22 北大校长蒋梦麟遭学生围堵

1923年，北大校长蔡元培因教育总长彭允彝干涉司法、蹂躏人权而羞与为伍、愤然辞职，总务长蒋梦麟第三次代理北大校长职务。

意想不到的是，当蒋梦麟正式执掌北大之后，学潮越来越凶，并出现了针对他本人的风潮。这个风潮的起因是有一件事，蒋梦麟拒绝了学生们的要求，部分学生盛怒之下关闭了学校大门，并把蒋梦麟关在校长办公室施以颜色。情势紧张中，北大文学院院长胡适通过电话问蒋梦麟是否需要找警察救援，但被蒋梦麟谢绝。大门关了两个多小时后，由于需要进出的教员与学生太多，在各方叫骂、推搡甚至厮打的多重压力下，带头闹事的学生不得不重新打开校门，放人群进出，最后蒋梦麟也被教员们从办公室解救出来。但闹事者仍紧跟不舍，叫骂不绝，最后的结局是，几个带头闹事的学生被学校评议会宣布开除。

23 “九一八事变”学潮

1931年9月18日，九一八事变爆发。未久，东北三省全部沦陷，三千多万父老成为亡国奴。

事变突发，举国震惊，因南京国民政府和坐镇北平的张学良副司令迟迟不肯出兵抗日，终于酿成大规模学潮。

12月15日，有清华少数学生参与的北平各校学生南下救国示威团五百余人，联合南京当地学生共两千余人冲进外交部，把悬挂在门口的牌子、院内停放的汽车，以及楼内门窗、办公桌椅、文件橱柜等捣毁砸烂，并把一沓沓外交卷宗抛在地上。洗劫过后，大队人马直奔国民党中央党部，众生蜂拥而上，缴了卫兵的枪械，砸掉门上的党徽，捣毁中央党部传达室和会客厅，继之四处寻衅打砸。当时蒋介石正在党部举行会议并提出辞职下野，闻讯后请在座的代理行政院长、京沪卫戍司令陈铭枢，以及国民党、教育界双料耆宿蔡元培出面，接见学生并予以安抚。蔡元培、陈铭枢刚一出门，即闻呼打之声。蔡元培“甫发数语，该团学生即将蔡氏拖下殴打”。

另有学生以木棍猛击陈铭枢头颅，陈铭枢当即昏厥倒地。中央党部职员及警厅保安队急忙上前救护蔡、陈，学生见状，即有人拔出缴获的手枪开枪，径向内冲，用木棍向内殴打，并绑架蔡元培向门外冲去。中央党部警卫见事发紧急，朝天鸣枪警示，并集结队伍追出营救蔡氏，直至玄武门附近的荒田水洼中，警卫与学生们一番扭打殴斗，始把受伤的蔡元培救回。

24 梅贻琦说，要打就打我

1936年2月29日，正是清华年终大考的第一天，冀察政务委员会委员长宋哲元，于当晚派出军队到清华园清查所谓学生中的“共党分子”。

奉命搜捕的官兵在黑夜中四处搜寻，不见几个人影，折腾了大半个晚上，名单上的人一个也没有抓到，只有二十余名参与者被官兵带走。

天亮之后，昨晚悄悄溜走的几个带头者不知从什么地方又冒出来，重登讲台煽动部分学生向校方质问，昨晚的名单由谁提供？提供者该当何罪？有人认为名单应是只有一条腿的教务长潘光旦提供，便围聚到办公楼前堵截。

潘氏拄着拐杖来到校园，立即遭到围攻，几名“刺儿头”学生上前把他的拐杖夺过扔到地上，潘光旦只好用一条腿边站边跳以保持平衡。

学生见状，更加大呼小叫地兴师问罪。潘光旦头发凌乱，却面带笑容，来回蹦跳维持站姿。有一个叫林从敏的学生于心不忍，与另一名学生方钜成上前扶住，将拐杖拾起，架着潘氏向大礼堂走去，一群学生仍跟在后面高声喊着要讨个说法。

校长梅贻琦闻讯赶来，弄清事情经过后，快步来到潘光旦身边的台阶上站定，面带愠色，表情严肃，对众人厉声说道：“你们要打人，就打我好啦！你们如果认为学校把名单交给外面的人，那是由我负责。”

学生们很少见梅校长发怒，瞬间被镇住，刚才的激动情绪也被平息，便一个个缩着脖子散去了。

当天上午，梅贻琦召集全校学生讲话，以沉痛怜爱的口气告诫道：“晚上来势太大，你们领头的人之前不听学校的劝告，现在出了事情可以规避，我做校长的不能退避。”停了一下，又说，“我只好很抱歉地给了他一份去年的名单，我告诉他们可能名字和住处不太准确。”

最后，梅贻琦表示负责保释所有被捕的学生，以维护学校和学术上的独立。学生们听罢，深为感动，皆报以热烈的掌声。

三日后，被捕的学生全部放回，一场风波就此消解。

25 飞机运狗引爆“倒孔”学潮

1941年12月7日，珍珠港事件爆发后，日军很快占领了英属香港，国民政府遂紧急派出最后一架飞机降落在香港启德机场，抢救尚未离港的政府要员和文化名人。

当时在港的史学大师陈寅恪也在“抢运”名单中。然而，当飞机降落重庆机场时，从飞机舷梯走下的既不是国民党政府要员，更不是陈寅恪、郭沫若、茅盾、蔡元培夫人等文化界人士，而是孔祥熙一家的恶少连同携带的保镖、老妈子与洋狗、床板、马桶。

《大公报》很快揭露了孔氏家族霸占飞机的丑闻，引起全国军民愤怒。

西南联大师生闻此消息，悲愤交加。许多师生误以为陈寅恪已经在乱枪流弹中死去了。几位历史系学生在壁报上发表了题为《悼陈师寅恪》的文章，文中以悲怆的语气说道：“著名的史学教授陈寅恪导师，不能乘政府派去香港的飞机离港，命运似不如一条洋狗……”

很快，出于义愤，西南联大的学生自治会组织了“讨孔”游行队伍。前锋是一幅用床单制成，上画脖颈上套一巨大铜钱作枷的孔祥熙头像。学生们高呼讨孔口号，走出校园示威游行。沿途有云南大学、昆华师范学院、南菁中学等十多所大中学校师生陆续加入，会合成数千人的游行队伍。

西南联大当时在校主持工作的蒋梦麟、梅贻琦二位常委对于孔氏一家的恶行同样十分愤怒，所以，不但对学生义举未予劝阻，还暗中准备了应变措施，并乘车尾随游行队伍之后，以备万一学生与军警发生冲突，可及时出面加以调解。

此次规模浩大的学生民主运动，以“倒孔”游行揭开序幕，成为日后声

势浩大、席卷全国的抗战时期学生运动的第一声惊雷。

就陈寅恪而言，毕生从未直接参与现实的政治活动，此次却无意之中以自身的不幸遭遇成为“讨孔”运动的导火索之一。

26 若学生流血，我与你拼命

1949 年 3 月底，台湾省立师范大学与台湾大学学生联合闹起了学潮，高呼大陆的学运口号：反内战、反饥饿、反迫害等。此事引发当局的严重关切，认为台湾校园确实受到了共产党的统战与渗透，因此必须捉拿主谋分子，给予严厉惩治。台湾省主席兼警备总司令陈诚，命令警备副总司令彭孟缉率部缉拿。

4 月 6 日，台北大批军警按预定计划闯入校园强势逮捕师生，傅斯年对当局不经法律程序进入台大校园内逮捕师生表示不满，亲自找国民党最高当局交涉，要求即使要逮捕台大师生，也必须经过校长批准。傅斯年甚至向当时主持实际事务的台湾省警备总司令部副总司令彭孟缉说道："我有一个请求，你今天晚上驱离学生时，不能流血，若有学生流血，我要跟你拼命！"彭孟缉慑于傅斯年的气势，不敢造次，遂当场保证："若有人流血，我便自杀。"

未久，台大被捕的学生多数被释放，而师范学校不但近百名学生被送进监狱，还有七名学生以反革命罪名被枪杀。事件过后，省立台湾师大受到了停课整顿，师生重新登记并接受军训、校园戒严等惩处。而台湾大学虽受波及，但比师大要好得多，此皆得益于傅斯年竭力庇护、斡旋之功。许多年后，台湾师大师生还就这次事件与台大相比，并大骂当年的学校领导者软弱无能，而对傅斯年夸赞不绝。

第六章

大时代下的家国情

01 陈寅恪父亲绝食而死

陈寅恪出身名门，祖父陈宝箴被誉为晚清“清流派”的中流砥柱，受朝廷重臣、兵部尚书荣禄荐举，于光绪二十一年（1895年）以直隶布政使诏受湖南巡抚，一跃成为独当一面的封疆大吏。

其父陈三立于光绪十二年（1886年）进士及第，先后出任京师吏部行走、主事。陈宝箴入主长沙巡抚衙门后，陈三立辞官回湘襄助其父招贤纳士，讲文论学，声名鹊起。“一时贤哲如朱昌琳、黄遵宪、张祖同、杨锐、刘光第辈，或试之以事，或荐之于朝。又延谭嗣同、熊希龄、梁启超等儒林名宿，创立时务学堂、算学堂、湘报馆、南学会之属，风气所激励，有志意者，莫不慨慷奋发，迭起相应和。于是湖南士习为之丕变，当时谈新政者，辄以湘为首倡，治称天下最。凡此为政求贤，皆先生所赞勷而罗致之者也。”

1937年，自号“神州袖手人”的陈三立已是八十五岁高龄，随做清华教授的儿子陈寅恪进京住于城中。卢沟桥事变爆发后，面对山河破碎，日本军队咄咄逼人的凶妄气焰，三立老人忧愤不已，情绪低沉，终致一病不起。当中国军队败退，有悲观者言称中国非日本人之对手，必弃平津而亡全国时，三立老人于病榻上圆睁二目，怒斥曰：“中国人岂狗彘不若，将终帖然任人屠割耶？”

言毕遂不再服药进食，欲一死明志。平津沦陷后，老人伤心欲绝，大放悲声，曰：“苍天何以如此对中国邪！”延至9月14日，一代诗文宗师溘然长逝。

02 傅斯年给母亲下跪

傅斯年才华横溢，一生霸气十足，目空天下士，但对母亲十分孝顺，偶遇老母发脾气，乃立即长跪不起，听任母亲斥责，直到老太太发完脾气，让他起来方才站起，或是对母亲解释，或是好言安慰。因傅母患高血压病，忌吃猪肉，作为儿媳的俞大彩为照顾婆母身体，不敢给她食肉，而傅母却偏喜好这一口，且极爱吃肥肉，于是矛盾不可避免。晚年的俞大彩曾回忆说：

“孟真侍母至孝，对子侄辈，也无不爱护备至。太夫人体胖，因患高血压症，不宜吃肥肉，记得有几次因我不敢进肥肉触怒阿姑，太夫人发怒时，孟真辄长跪不起。他窃语我云：‘以后你给母亲吃少许肥肉好了。你要知道，对患高血压症的人，控制情绪，比忌饮食更重要，母亲年纪大了，别无嗜好，只爱吃肉，让她吃少许，不比惹她生气好吗？我不是责备你，但念及母亲，含辛茹苦，抚育我兄弟二人，我只是想让老人家高兴，尽孝道而已。’”

抗日战争全面爆发后，南京空袭日频，危在旦夕。傅斯年由于领导中央研究院各所的搬迁事宜，无暇顾及家庭，更无力陪侍老太太避难同行，特委托一位下属和两个侄儿负责保护母亲转移至安徽和县暂住。南京沦陷，傅氏辗转来到重庆后不久，两个侄儿来见，傅斯年以为家人顺利脱险，十分高兴，当侄儿述说祖母没有逃出来时，傅斯年大怒，当场打了侄儿两耳光，又各自踹了两脚。随后，千方百计令人把母亲从战祸连绵的安徽接了出来。

03 大师李济痛失二女

抗战前，出身清华、毕业于美国哈佛大学的考古学家李济，当时担任中央研究院史语所考古组主任与中央博物院筹备处主任两个重要职位。抗战爆发后，李济带着父亲郢客老人、妻子、女儿凤徵和鹤徵、幼子光谟一家六口，辗转奔波，从南京到重庆、长沙、桂林直至昆明。虽然生活窘迫，好在一家人同舟共济。只是万没想到，到昆明不久后的 1940 年夏，十四岁的二女儿鹤徵突患急性胰腺炎，因得不到药物及时治疗而病逝。厄运就这样闯入李家，开始让一家人深陷生离死别的痛苦。

1942 年初春，当时李济随中央博物院迁到了四川宜宾李庄镇，即将中学毕业的十七岁大女儿凤徵又不幸身染伤寒，一病不起。因李庄缺医少药，医疗设备简陋，虽有当时同迁入李庄的同济大学医学院数位留德教授参与医治，亦回天乏术。爱女临走的那天下午，握着父亲李济的手，有气无力地说:“爸爸，我要活下去，我要考同济大学，在李庄读书，永远不离开您和妈妈，还有爷爷……”面对此刻的女儿，李济几近崩溃，只能眼睁睁地看着女儿美丽的双眸悄然滑下两滴泪珠，带着无尽的遗憾，走了。

从 1940 年到 1942 年，李济的两个爱女一“鹤”一“凤”，撇下风烛残年的祖父、悲痛欲绝的双亲以及年少的弟弟，悄无声息地撒手人寰，乘风而去。

面对接踵而至的灾难，李济病倒了。而李济的父亲李权(郢客老人)，更是悲情难抑，不久即中风瘫痪在床，生活不能自理，五年后也去世了。

04 蔡元培女儿蔡威廉之死

蔡威廉自九岁起多次随父蔡元培旅居欧洲，于1914年至1927年先后就读于比利时布鲁塞尔美术学院和法国里昂美术专科学校，回国后被聘为国立杭州艺专西画教授。1928年7月，蔡威廉与留学法国巴黎大学的美术史家、时任国立杭州艺专教授兼教务长的林文铮在上海结婚。

抗战爆发后，杭州陷落，夫妇二人携家随杭州艺专师生内迁到湖南沅陵。1938年12月，北平国立艺专与杭州艺专合并，改名国立艺术专科学校。两校合并后出现了严重的派系倾轧，林、蔡被迫辞职出走，于1938年冬，携一家老小历尽艰辛来到昆明，在城内一幢破旧民房租住。由于经济来源断绝，全家八口人分住在两间面积约二十平方米的平房内艰难度日。1939年夏季，蔡威廉生下一个女婴，因难产，数小时内，她痛苦地于床前白壁上勾画出新生女儿的肖像，并用炭笔写下了“国难！家难！”几字后昏厥。两天之后，这位才华出众的女艺术家因难产流血过多不治去世，时年三十五岁。

当年在西南联大任教的沈从文与蔡威廉一家同住一个大杂院。蔡威廉去世的情形，沈氏有回忆道:“我每天早晚进出，依然同小朋友招呼。间或称呼他家第三位黑而胖的小姐做‘大块头’，问她爸爸妈妈好，出不出门玩。小孩子依然笑嘻嘻答应‘很好’。可是前两天听家里人说，才知道孩子的母亲，在家生产了一个小毛毛，已死去三天了。死的直接原因是产褥热，间接原因却是无书教，无收入，怕费用多担负不下，不能住院生产，终于死去。人死了，剩下一堆画，六个孩子。死去的完了，三十多岁就赍志而殁，有许多理想无从实现。”

05 梅贻琦子女参军抗日

抗日战争全面爆发后，西南联大八年间掀起三次从军潮，先后有 830 余名学生投笔从戎。若加上长沙临时大学时期参加抗战离校的 300 多名学生，共有 1100 多名学生参加了抗日战争，约占学生总数的 14%，其中有 14 人血洒疆场，为国捐躯。面对如此众多的学生参军，执掌校务的梅贻琦是什么态度呢？

政府几次征召学生入伍，梅贻琦积极响应、配合，但从不主动要求教师或研究生弃学从军，整个西南联大从军者，大都是本科学生。即使在这类学生中，梅贻琦尽可能地保留下一批最有希望的读书种子，如文科方面的王浩、何炳棣、丁则良等，理科方面的杨振宁、黄昆、唐敖庆、郝诒纯等一批经过严格筛选的优秀学子，均被保存于校内或清华研究生院中继续学业。而李政道、邓稼先等稍年轻的学术苗子，也无一例外地被保留了下来，并陆续取得公费留洋深造的机会。

当然，若有教师与研究生主动请求从军，梅贻琦亦不加阻拦，他自己的一儿一女就先后从联大应征入伍。女儿梅祖彤加入国际救护组织。儿子梅祖彦，当时就读于西南联大水利工程系二年级，于 1943 年 11 月决定弃学从军。梅贻琦希望儿子把学业完成再做决定。但儿子去意已决，梅贻琦未阻拦。许多人认为，梅祖彦会投奔他的姨夫——国民党名将卫立煌担任总司令的滇西远征军任职，并依靠卫立煌的关系得到照顾和升迁。然而，梅祖彦却加入了并没有人际关系的空军当了一名普通翻译员，直到战争结束一年后的 9 月，译员工作结束，才遵照美国军方的安排到美国伍斯特理工学院复学，插入机械系二年级继续学业。

06 陶云逵教授夫人跳滇池自杀

1934年6月，北大教授刘半农前往内蒙古等地调查方言音调和声调，途中遭昆虫叮咬，染上“回归热”。返平后于7月14日入住协和医院，当日下午不治而亡，卒年四十三岁。傅斯年曾“为之流涕”，并谓刘半农是“北大老教员中第一位不该死者”。

十年之后，1944年1月26日，南开大学教授陶云逵先生重蹈刘半农的覆辙，也染上“回归热”撒手归天，且紧接着发生了其夫人因悲不自胜跳昆明滇池自杀的悲剧。

抗战期间，留德博士、南开大学教授陶云逵先生，身兼西南联大教授和南开大学边疆人文研究室主任。其间，陶教授从事彝族、傣族、纳西族人类文化学研究和教学工作，足迹遍布西南地区的山野村寨，成为中国人类学研究领域德国学派的代表人物。尤其是他对云南新平县鲁魁山大寨一带的纳苏（Nasupuo）部族（黑夷，属于藏缅语系倮群）盛行的鸡股骨卜风俗和传布的研究，其成果轰动学术界。

1943年，陶云逵率领几名助手离开昆明到大理苍山洱海一带进行人类学调查。其间，爱子忽然得了被当地人称为“大热病”的险症，一夜之间就被病魔夺去了生命。陶云逵赶回昆明时，孩子已埋葬。这突如其来的精神打击，令爱子切切的陶教授难以承受。更不幸的是，没过多久，陶教授患上了当时在坊间人人谈之色变的“回归热”，一病不起，最终转为败血症，于1944年1月26日撒手归天，年仅四十一岁。

陶云逵夫人林亭玉接连遭失子丧夫双重打击，精神崩溃，生活也困顿不堪，痛不欲生之下，撇下才出生两个月的女娃，投身滇池欲一死了之。

幸有渔民发现，急驾舟前往搭救，将林氏用渔网套住救上船来。后来，经陶云逵生前的同事挚友发起募捐，为林亭玉凑了路费和生活费，母女俩才得以回到了广东阳江县的娘家。

07 杨振宁之父南飞之后

1948年12月21日，清华大学校长梅贻琦率领第二批被“抢救”学人，于新修成的东单机场乘国民党派出的专机飞离北平赴南京。这一批学人中，就有杨振宁的父亲、时为清华大学数学系教授的杨武之。

抵达南京后，杨武之没有跟随他的同事渡海赴台，而是转赴昆明接家眷到上海，迎接解放。意想不到的是，当清华解放后，新的主人却把他一脚踹出圈外，拒绝续聘，理由当然是他追随梅贻琦出走的“罪过”，杨氏在清华兢兢业业服务十六年的业绩也一笔勾销。此举对杨武之造成极大刺激，他只好留在上海，投奔同济大学任教。但身体随之很快垮了下来，1952年再转入复旦大学任教，未任教多久即因病回家休养，精神郁闷，甚感苦痛。

1957年，杨振宁与李政道一起获得了诺贝尔物理学奖，作为杨振宁老爸的杨武之引起了中共高层的重视，但此时杨氏已年过六十，且已退休，无法以在职教授身份实现重返清华园的梦想。

据清华物理系教授虞昊说，杨振宁自美国退休后到清华居住，并给大一学生上课，还带研究生，清华领导方面的邀请只是一方面，杨振宁的心里深处还是埋藏着实现父亲当年重返清华园的未竟之梦。杨振宁之所以由美国返清华，实则是杨武之心愿的一个延续。

08 梁启超的家教

梁启超是清末民初第一名人，他两个儿子梁思成、梁思永清华毕业后留美，一个在宾夕法尼亚大学攻读古建筑专业，一个在哈佛大学攻读考古专业。这两个专业在当时都属于冷门专业，国人知之甚少，梁家兄弟也有些困惑。

1927 年 2 月，梁思成在美国致信父亲，提出了对自己和弟弟所学专业于国家民族进步，到底是“有用”还是“无用”的询问。对此，梁启超斩钉截铁地回答道：“这个问题很容易解答，试问唐开元天宝间李白、杜甫与姚崇、宋璟比较，其贡献于国家者孰多？为中国文化史及全人类文化史起见，姚、宋之有无，算不得什么事。若没有了李、杜，试问历史减色多少呢？”又说，“思成所当自策励者，惧不能为我国美术界做李、杜耳。如其能之，则开元、天宝间时局之小小安危，算什么呢？”

后来，梁思成与梁思永兄弟的确在近现代建筑史学和田野考古学方面做出了堪比李、杜的历史成绩，用自己的辛劳和智慧做出了前无古人的卓越成绩，其对中国乃至世界文化史的贡献比同时代那些大官巨贾要大得多。

李白在《江上吟》中写道：“屈平词赋悬日月，楚王台榭空山丘。”当年梁启超对儿子们所做的比喻和期待，正是对李白文化思想的继承和光大。

09 梁思成、林徽因儿女名字来源考

梁思成、林徽因夫妇有一对儿女，分别叫梁再冰与梁从诫。这名字是如何来的呢，一般人并不知晓。

梁思成的老爹是民国第一名人梁启超，别号“饮冰室主人”，有“十年饮冰，难凉热血”之说。1929 年 1 月 19 日，梁启超去世。同年 8 月，林徽因在沈阳东北大学生下了一个女儿，为纪念父亲，梁、林夫妇给女儿取名梁再冰。

梁再冰如此，梁从诫呢？

这还要从中国历史上第一家建筑学研究机构——营造学社的创始人朱启钤（字桂莘）说起。朱启钤于 1915 年奉袁世凯之命修缮皇宫时，对营造学产生了浓厚兴趣。1917 年，朱启钤在江南图书馆偶然发现了一部湮没日久、由宋代建筑学家李诫（明仲）创作的《营造法式》抄本。此书编成于宋哲宗元符三年（1100 年），镂版印刷于宋徽宗崇宁二年（1103 年）。朱氏看罢惊为秘籍，将此书借出馆外两次出资刊行，很快引起学术界瞩目。

当时，梁、林正在美国留学，梁启超把重印的《营造法式》寄与梁、林学习，然而这部《营造法式》的内容像一个浸在雾中的谜团，无人辨识其真正面目。而这个时候，西方学者对于欧洲古建筑，几乎每一处都做了精确的记录、测绘，并有深入而透彻的研究。

此种情形，启发了渐开眼界的梁、林二人，梁思成遂写信给父亲，表示自己日后要写成一部《中国宫室史》之类的书籍。梁启超接信后大为惊喜，回信鼓励说“这诚然是一件大事”，但还需要多方学习研究，才有可能达到目标。

正因为梁思成心中怀揣《营造法式》这部“天书”的不解之谜，以及其父的鼓励支持，同时为寻找实现这一“大事”的因缘，梁思成最终决定离开执教的东北大学，于 1931 年年底转入私立的中国营造学社工作。

1932 年，梁、林夫妇有了一个儿子，取名梁从诫，寓意“跟从李诫”，并以此纪念《营造法式》作者、宋代大建筑学家李诫。

10 梁思成子女考清华落榜

1946年，梁思成、林徽因夫妇的女儿梁再冰报考清华大学，未被录取。林徽因曾怀疑清华判分有误，当通过有关人员调看女儿的试卷后，认可无误，遂让梁再冰改投北大，并被西语系录取。

1950年，梁、林夫妇的儿子梁从诫投考父亲梁思成当系主任的清华建筑系，因两分之差未被录取，后改进历史系就读。

对于再冰与从诫报考失利一事，后世多有人表示不解，认为凭梁思成夫妇的地位和权力，遂两个孩子的心愿是件并不太难办的事，但梁思成夫妇没有这样做，此举令人感到不可思议。对此，有文章称梁思成、林徽因在此事上“深明大义，人格特别不得了，思想特别高尚”云云。

梁、林夫妇的人格与思想高尚是当然的，但就当时的情形而言，清华乃至整个教育界的风气尚属清廉，教授们的思想差不多都是这个样子，特殊的例子倒是少见。在他们看来，如果自己的孩子不能录取而托关系找门子，甚至不惜把别的考生挤掉，强行塞进一个软蛋的儿子等不法做法才是不可思议的。

第七章

非常时期，非常抉择

01 周作人称自己是苏武

1937 年北平沦陷，学术文化界人士纷纷南下，周作人却坚持不离去，要继续过那恬淡平静的“苦茶庵”生活。他在致《宇宙风》编辑的公开信中，以汉代的苏武自况，明确告知“有同事将南行，曾嘱其向王教长、蒋校长代为同人致一言，请勿视留北诸人为李陵，却当作苏武看为宜。此意亦可以奉告别位关心我们的人。至于有人如何怀疑或误解殊不能知，亦无从一一解释也”。

时远在海外的老友胡适，特别寄一首白话诗给周作人，隐晦地劝周要“识得轻与重”，来个“飘飘一杖天南行”，并“知我此时一点相思情”。但周作人并未理睬。

1939 年元旦，周作人在家中遇刺，因子弹打在纽扣上才幸免于难。受惊吓的周作人误认为是日本人给以颜色，未久便怀着惊恐的心情接受伪北京大学图书馆馆长一职，随后又接受伪北京大学教授兼文学院院长等职。1940 年 12 月，周作人再次“荣升”为以王揖唐为首领的伪华北政务委员会教育督办、南京汪伪政府国府委员等职。

1942 年 5 月，周作人作为汪精卫的随员，参加伪满洲帝国十周年庆典，并“谒见”伪满傀儡皇帝溥仪。12 月 8 日，汪伪政权在沦陷区推行“新国民运动”，成立“中华民国新民青少年团中央统监部”，周作人任副统监。在检阅青少年团训练的分列式上，周作人竟头戴日本军帽，身着日本军装，志得意满地在国人面前晃来晃去，一副活脱脱的汉奸面目。

此时，周作人已与苏武精神背道而驰。抗战胜利后，1945 年 12 月 6 日，周作人以汉奸罪被国民政府逮捕。

02 周作人欲拉刘文典下水

七七事变爆发后，清华教授、号称“国宝”的刘文典因家庭拖累未能离开，蛰伏在北平宅院内埋头研究学问。

华北沦陷区日伪政权建立，附逆者如过江之鲫，刘文典的四弟刘蕴六（字管廷）也在冀东日伪政府谋到一个肥缺。当刘蕴六在餐桌上言及此事时，刘文典大怒，当即摔筷子怒道：“我有病，不与管廷同餐。”霍然起身后又说：“新贵往来杂沓不利于著书，管廷自今日始另择新居。”将这位同胞兄弟逐出了家门。

未久，另一位附逆者、原北大同事周作人又找上门来，游说刘文典到伪教育机构任职。刘文典强按怒气说：“国家民族是大义，气节不可污，唐代附逆于安禄山的诗人是可悲的，读书人要爱惜自己的羽毛啊！”周作人面带羞愧，嘴里嘟嘟囔囔地退了出去。

03 刘文典以发夷声为耻

清华教授刘文典拒与日伪组织合作的举动，激怒了日本人，日本人遂祭出阴招，直接派宪兵持枪闯入刘宅强行搜查，不怕找不到逼其就范的把柄。

面对翻箱倒柜，气焰汹汹的日本宪兵，刘文典以他的倔强、狷介性格，不知从哪里翻出一套袈裟穿在身上，做空门高僧状，端坐椅上昂首抽烟，任凭日本“猪头小队长”摇晃着翻出的信函“呜里哇啦”地质问，刘氏始终以鄙夷讥诮的神态对之，一言不发。一油头粉面的汉奸翻译官见状，用标准的北京油子腔儿喝道：“你是留日学生，精通日语，太君问话，为何不答？”刘文典白了对方一眼，冷冷地道：“我以发夷声为耻，只有你们这些皇城根下太监们生就的孙子，才甘当日本人的奴才与胯下走狗！”汉奸翻译闻听恼羞成怒，猛地蹦将起来，拉开架势欲扇刘氏耳光，却意外地被日军“猪头小队长”一脚踹了个趔趄。日本宪兵折腾半天，一无所获，见刘文典还是一副硬骨头相，气咻咻地摔门而去。

面对越来越险恶的环境，刘文典深知北平不能再留，乃决计尽快设法脱逃，到西南边陲与清华同事会合。行前，他庄重地写下了“臣心一片磁针石，不指南方不肯休”的诗句以自励。第二天星夜，刘文典逃出北平，向云南方向奔去。

04 傅斯年大骂周作人

抗战胜利后，1945 年 10 月，代理北大校长的傅斯年开始紧锣密鼓地操办北大复员事宜。当时，面对一批伪北大教职员四处鼓噪，甚至纠集起来向当时的国民党北平行营示威，强烈要求进入复员后的北大继续任教的一系列行为，傅斯年公开发表对伪北大教职人员的四项处理办法，更加明确、坚定了绝不容“伪校伪组织的人”插足复员后的北大之态度。

当时，伪北大文学院院长周作人正猫在北平八道湾居家的“苦茶庵”，一边饮着苦茶，一边悠闲地作着叫作《石板路》的散文小品。文中极具感情色彩地回忆了他的故乡绍兴石板路与石桥的优美，结尾落款是：三十四年十二月二日记，时正闻驴鸣。

周作人当天的日记写道：“见报载傅斯年谈话，又闻巷中驴鸣，正是恰好，因记入文末。”

周作人骂傅斯年驴鸣，除了自己出任伪职的对立身份，还因之前两人就曾写信互骂。

周作人自视傅斯年师辈人物，在北大新潮社时期明确支持过傅斯年并为之张目，遂以老前辈姿态致信傅斯年。信中不但对自己出任伪职的历史罪过无丝毫忏悔之情，反而口气蛮横强硬地令傅斯年把自己作为特殊人物照顾，且警告性地威胁称“你今日以我为伪，安知今后不有人以你为伪”等语。傅斯年看罢怒气冲顶，遂当即毫不客气地回复周作人道：“今后即使真有以我为伪的，那也是属于国内党派斗争的问题，却绝不会说我做汉奸；而你周作人之为大汉奸，却是已经刻在耻辱柱上，永世无法改变了。”

05 周作人的“委屈”

周作人以汉奸罪被捕后，于1946年5月从北平解送南京老虎桥监狱，等待法院判决。正在此时，周作人与著名律师王龙（字天瑞）在南京高等法院所在的朝天宫左庑偶然相遇，“立谈数语”，王龙即表示愿义务为周作人做辩护律师。周作人感激不已，遂于1946年10月25日，在南京老虎桥监狱作七律《偶作寄呈王龙律师》及跋文。此诗、跋于11月3日上海《文汇报》刊出，内容如下：

但凭一苇横江至，风雨如磐前路赊。是处中山逢老牸（《中山狼传》，狼欲啖东郭先生，问老树老牸，皆左袒狼），不堪伊索话僵蛇（《伊索寓言》，樵夫见蛇冻僵，纳之怀中，乃为所啮）。左庑立语缘非偶，东郭生还望转奢。我欲新编游侠传，文人今日有朱家。

鄙人于去冬被逮，于今已十阅月。寒门拙老，素鲜亲族，三十年来不少旧学生，有三数人尚见存问，而下井投石，或跳踉叫号，如欲搏噬者，亦不无其人。昔读中山狼传，虽知人世常情，不足为怪，而今年中一再见之，亦不能无所感慨。今年夏来南京受讯，在法院邂逅王天瑞先生，立谈数语，慨然允任义务辩护，侠情高谊，不知所报。近闻某生又复叫号，此声余固已谂闻，未免毛戴，唯想起王君，有如中山道中之遇老叟，更深致感激之意。计在法院相见之日将三月，因作一诗以为纪念，并寄呈天瑞先生，以博一笑。

三十五年十月十五日，知堂

发表该诗的《文汇报》记者在“附记”中说，周诗怨恨的像中山狼一样的某生，“据说即是新潮社时代与罗家伦同为一时健将”“现在则是社会贤达了”。而且,“记者曾听周作人说胜利后曾以一书致‘某生’”，想不到此信曾被“某生”大加批注，宣示于众，力斥其妄云云。

显然，周作人把傅斯年比作中山狼。

06 傅斯年叫板闻一多

1945年12月1日，在中共领导下，昆明爆发了“一二·一”民主运动，多名学生遭到当局军政人员枪械殴击，四人遇难。

针对学生“停灵罢课”行动，西南联大召开教授会，就“先复课再惩凶，还是先惩凶再复课”问题进行讨论。会上，教授们争相发表意见，长达五个小时的争论仍未分胜负。西南联大常委兼北大代理校长傅斯年，用他那庞大的烟斗不耐烦地敲得桌子“啪啪”乱响，而联大中文系教授闻一多手攥比傅氏小一号的烟斗，与傅斯年展开激烈论争。

傅斯年主张“先复课，再惩凶”，闻一多主张“先惩凶，再复课”。相互之间越争越恼火，闻一多对傅斯年大声道：“这样，何不到老蒋面前去山呼万岁！”据出席会议的张奚若教授说，闻一多这是揭傅斯年的旧疤，很少有人知道内情。于是，张奚若与其他教授开始劝解，谓“大家争执，何必重提以前的旧事”云云，意在指责闻一多有些过分。傅斯年犹如火山即将爆发，沉默足有两分钟后，突然站起小山包一样的躯体把大字号烟斗往桌上“砰”地一摔，剧烈碰撞使烟斗蹦跳着擦过冯友兰耳边飞出摔落。傅斯年复大声喊道：“你这个布尔什维克给我滚出去！”众皆震惊，急忙把傅斯年按回椅子上。

坐在身边的冯友兰伸过脑袋，悄悄对傅斯年半开玩笑地说：“你原来也是个学生头头，专门跟学校当局闹别扭。现在别扭闹到你头上来了，真是‘请看剃头者，人亦剃其头’。”

07 闻一多骂蒋介石王八蛋

1946年4月14日下午，西南联大昆明校友会为欢送即将北返的母校师长，在龙云公馆举行校友话别会，共有六十余位联大教授和两百多名学生参加。会上，闻一多按惯例发表了演说：

联大就要分开了，北大、清华和南开，不久就要回到老家去啦！这当然是值得高兴的，我也和大家一样，怀念故乡，怀念清华园。可惜，如今除了那半个中国之外，哪儿也不会有安乐土！比如说，这座美丽的花园，多么幽静！这个会场多么欢畅！你们可也知道：丑恶的东西就躲在旁边，要威胁，要破坏这个会议，要带军警前来检查，要把他们的反动货色硬塞进会场，连这样一点高兴，也不甘心让人享受，连这样一个惜别联欢的会，也违反了什么集会法。

别人又以为我在骂人了。是的，对于反动的、不公道的、不对的事情，为什么不该骂？

前几天有个刊物隐约地骂了蒋介石，于是他的党徒们嚷起来了，说侮辱了什么似的，还有些好心肠的知识分子跟着说这太过分了，难道说，他这些年造了那么多的孽，害了那么多的人民，骂一下都不行吗？咱们应该讲真理，明是非。我有名有姓，我就要骂！

大家都说清华有优良的传统，这不对，清华没有优良的传统，有的是半封建半殖民地的教育传统。我受了这种传统的毒害，现在才刚有点觉醒。我向青年学习，学会了一件事，那就是心里想说什么，就说什么。比如我现在想说蒋介石是个混账王八蛋，我就说蒋介石是个混账王八蛋，他就是个混账王八蛋！

08 梅贻琦对"斗士"闻一多不感冒

1946年4月14日下午，闻一多在校友话别会上，除了大骂一通蒋介石是王八蛋，附带着把清华师友也大骂一顿。闻言：

"我们都是在美国式的教育里培养出来的，固然也可以学得一些知识和技术，但是经过这八年的检验，可以说，过去受的美国教育实在太坏了。它教我们只顾自己，脱离人民，不顾国家民族，这就是所谓的个人主义吧，几乎害了我一辈子！有些人毕业了，留了洋，干脆不回来了；有的人爬上去了，做了教授，或者当了校长，或者当了大官，有了地位，就显得不同，想的和说的也和别人不一样啦！其实，这些有什么值得夸耀的呢？"

当天，清华校长梅贻琦在日记中写道：

"下午昆明联大校友会有'话别会'，余因恶其十二月强梁改组之举动，故未往。晚，勉仲(岳南按：查良钊)来告开会情形，更为失望。会中由闻一多开谩骂之端，起而继之者亦即把持该会者。对于学校大肆批评，对于教授横加侮辱，果何居心必欲如此乎？民主自由之意义被此辈玷污矣。然学校之将来更可虑也。"

第二天，梅贻琦又记道："午前马约翰来，谈及昨日校友会情形，极为气愤。"遂产生解聘闻一多的念头，而在此时，梅贻琦接到美国加州大学一封信，对方想请一位中国文学教授去开课。梅贻琦推荐闻一多，但闻一多拒绝了，"他要留身于'是非之地'，继续斗争下去"。

令梅贻琦没有想到的是，只隔了两个多月，作为"斗士"的闻一多就遇害了。

09 决定梁思成命运的一件事

1948 年 12 月 13 日，解放军进驻清华园，进逼北平城。整个平郊炮声隆隆，硝烟弥漫，北平古城危在旦夕。作为清华建筑系主任且对北平古建筑特别有情感的梁思成忧心忡忡，每天站在校门口向南眺望，倾听着远处阵阵炮声。一边来回转圈，一边自言自语地道:“这下子完了，全都完了！”意思是说北平有文物价值的建筑将全部毁于炮火。

出乎意料的是，不久，几位头戴皮帽子的解放军代表由张奚若陪同来到梁家，请梁思成、林徽因在军用地图上标明北平需要保护的古建筑与文物存放处所在地点，以便在攻城中加以保护。梁思成意识到，可能是当年对日抗战期间，自己在重庆给盟军制作轰炸日本时需保护的日本本土文物图时，送给周恩来的一份复件起了启示作用，但此时他面对中共领导下的军人亲自上门请教的做法，还是深为感动。正是怀着这种想法与对中国共产党的点滴了解，梁思成、林徽因夫妇自愿留在了清华园，并在历史的转折点上揭开了人生新的一页。

1949 年以后，梁思成、林徽因参加了北京市城市规划、天安门广场人民英雄纪念碑的设计，以及中华人民共和国国徽的设计。

10 陈寅恪南飞之谜

1948年年底，国民党在北方的势力即将全面崩盘，于是派出飞机飞北平“抢救”著名学者。北京大学校长胡适急于南飞，遂令秘书邓广铭到城里去找陈寅恪。邓广铭把胡适的嘱托向陈寅恪复述一遍，问是否愿意与胡氏一起离平南飞。陈寅恪颇为干脆地回答:“走。前许多天，陈雪屏曾专机来接我。他是国民党的官僚，坐的是国民党的飞机，我绝不跟他走！现在跟胡先生一起走，我心安理得。”于是，陈寅恪一家与胡适一家同机离平南飞。

后来据陈寅恪自述，他之所以离开北平，多半是因为自己怕北方的寒冷，更适合南方气候，抑或怕共产党来了，只能吃小米，或买不到对自己严重失眠症至为重要的进口安眠药云云。但据清华中文系教授浦江清日记载:“陈寅恪此前早有南行之意，上回我为了系中同人提出添聘孙蜀丞事，特地去看他，征询他的意见。陈先生说，此刻时局很危，不宜在此时提出。他虽然双目失明，如果有机会，他愿意即刻离开。清华要散，当然迁校不可能，也没有人敢公开提出，有些人是要暗中离开的。学校是一个团体，假如多数人不离开，可保安全，并且可避免损失和遭受破坏。他认为我的看法是幻想。”

陈寅恪没有听从浦江清幼稚的规劝，认为中国将迎来一个国共分治的南北朝时代，毅然为“避秦”而南飞。只是令陈氏想不到的是，随着国民党兵败如山倒，他此前预想的中国再现南北朝格局的事实化为泡影。

第八章

生命终点 大师远去

01 王国维跳湖自杀

1927年6月2日，一早至研究院办公结束后，王国维向清华同事借了5元钱，雇一辆黄包车来到颐和园，花6角钱买了一张门票入园，11时左右，怀揣4元4角钱和一张写有“五十之年，只欠一死，经此世变，义无再辱”的字条，于颐和园昆明湖自沉而死。

关于王国维的死因有多种说法，有的说是“殉清王朝”而死，有的说是“悲观厌世”而死，有的说是被他的好友兼亲家罗振玉逼债而死，有的说是“妻妾出轨受辱”而死。但是，各种说法中，唯陈寅恪先生提出的“为殉文化而死”之说，最能令人信服。

为什么“为殉文化而死”最令人信服，我在《南渡北归》中有长篇论述，大家可以翻翻看，这里就不再赘述了。

02 蔡元培客死香港

1937 年 7 月卢沟桥事变爆发后，蔡元培正在上海。此时，中央研究院理、化、工三个研究所仍留在上海租界内开展工作。淞沪抗战爆发后，蔡元培强撑病体，亲自组织、指挥上海的三个所向内地撤退。上海城陷之际，中央研究院总办事处已由朱家骅和傅斯年共同组织撤往重庆，蔡元培满怀悲愤与忧伤，搭乘一艘外国邮轮独自一人从上海赶往香港。到香港后，蔡元培化名“周子余”隐居下来，谢绝一切应酬，但仍遥领中央研究院事务。

1938 年 2 月，在蔡元培精心策划和组织下，中央研究院于香港召开了自上海、南京沦陷以来首次院务会议。会上确定了战时院务工作的许多重大策略与生存、发展方针。

1940 年早春，七十三岁的蔡元培步入了贫病交加的人生暮年，他的生命之火即将熄灭。而此时，偏又遭逢爱女蔡威廉死于难产的致命一击。当年 3 月 3 日晨，蔡元培起床后刚走到浴室，忽然口吐鲜血跌倒在地，继而昏厥过去。两天后，医治无效，溘然长逝。

蔡元培乃辛亥革命元老，曾任国府委员、教育总长、司法总长、大学院院长、北大校长、中央研究院院长等多个要职，可谓位高权重。但他一生俭朴，挣的钱大多数救济了亲戚、同事或学生辈青年才俊。到香港后生活已十分拮据，竟到了无钱看病的程度，去世前已欠下医院一千余元医药费。身后也没有一间屋、一寸土属于自己的遗产，入殓时的衣衾棺木，都是商务印书馆的王云五先生代筹办理，知者无不为之泪目。

03 胡适之死

1962年2月24日，“中央研究院”在台北南港蔡元培馆举行第五次“院士”会议，选举新一届“院士”。胡适几位在海外的学生，或隔代门生如吴健雄、袁家骝、吴大猷、刘大中四位“中研院院士”，皆从美国赶来助势，胡适颇为高兴。

下午5时，院内举办酒会，入席者一百余众。胡适满面含笑地登台致辞：“今天是‘中央研究院’迁台十二年来，出席人数最多的一次‘院士’会议。令人高兴的是海外四位‘院士’也回国参加这次会议。十几年来，我们在这个孤岛上，可算是离群索居，在知识的困难、物质的困难情形之下，总算做出了点东西……”

6点半，客人开始陆续散去，胡适仍站在原处含着笑容和一些人握手告别。当他正要转身和一位客人说话时，忽然面色苍白，晃了晃便仰身向后倒下，后脑先碰到桌沿，再摔倒在磨石子的地上。站在他附近的凌鸿勋、钱思亮等连忙伸手来扶，但为时已晚。一代鸿学硕儒、新文化运动的先驱，因心脏病猝发溘然长逝。

半年前的一天，胡适曾一反常态地让秘书王志维到里屋打开一个保险箱看自己的遗嘱，然后说：“我在中年的时候所耗去的精力比一般人多，所以我的写作比一般人发表得多。一个人的精力是有限的，我的精力都透支啦。人终归要死的，像傅孟真先生那样一倒下去就完了，最痛快。像梅先生住在台大医院那么久，实在太苦。我很羡慕傅孟真先生那样的死。如果我将来病倒像梅先生那种情形就自杀，你们千万不要救我。”想不到这话竟一语成谶。

胡适去世，台岛震动，世人同悲。蒋介石闻讯，以哀婉之情当晚亲笔泼墨挥毫，写下了意味深长的挽联：

胡适先生千古

新文化中旧道德的楷模，

旧伦理中新思想的师表。

蒋中正敬挽

04 胡适死后家中只剩 135美元

1949 年 4 月 6 日，国共内战接近尾声，国民党败局已定，胡适奉蒋介石之命，心怀对前途黯淡的忧愁，自上海乘“克里夫兰总统”号轮船，赴美国“看看”。这是胡适一生中第六次出国，想不到这一“看”就是九年。

1958 年 4 月，胡适告别妻子江冬秀，独自一人由美国飞台北，出任“中央研究院”院长一职。四年之后的 1962 年 2 月 24 日，胡适出席“中央研究院”举行的第五次“院士”会议时，不幸心脏病发作猝然去世。

胡适临死前的四个月，这位与胡氏同庚并于十四岁订婚，以打麻将、推牌九为一生之专业特长和奋斗目标的江冬秀，才携带一张笨重且有点破烂的旧床自美国赶到台湾陪伴身体病弱的丈夫生活。胡适临终前两天曾嘱咐秘书王志维替自己物色一所房子，并说：“我太太打麻将的朋友多。我在南港住的是公家宿舍，傅孟真先生给‘中央研究院’留下来的好传统之一，就是不准在宿舍打牌。我也不应该不遵守傅先生留下的规矩。”

王志维听罢，很是感动，第二天便开始想法联系。但房子没有找到，胡氏却驾鹤西去。王志维在帮助其家人清点遗物时，发现除了书籍、文稿、信件等，胡适生前留下的钱财只有 135 美元。

05 梅贻琦墓在哪里

1962年，梅贻琦病逝于台湾大学附属医院，入葬新竹“清华大学”校园。据清华老校友、梅贻琦去世时担任台湾“清华大学”总务长的洪同回忆说：“校长逝世后，我和查良钊、浦薛凤、朱树恭、赵赓飏几位学生和陈（可忠）代校长共商他的后事。先决定在学校为校长辟建一个墓园，让他在天之灵，永远和他担任了三十一年校长，从入学算起，先后已有半个世纪以上关系的他所爱的学校在一起，看着它的发展。可是这个建议，当时出现了一些杂音：假如一个学校校长死后葬在学校，学校岂不成了校长的墓园？但是我们认为对一般学校，这种看法是可以接受的。不过，梅校长和清华的关系绝不是任何一个学校的校长和其学校所能比的。所以我们还是决定在校园里选一块地方，作为梅校长永远安息之所。于是有一天，查、浦、陈、朱和我就伴侍梅师母披荆斩棘，在一个杂树林中，勘定了一块可以俯瞰全校的高地，作为校长长眠之所，并邀请一向为校长所信爱、为母校设计原子炉并负责监工的张昌华学长（29级）负责墓园的设计兴建事宜。”

又说：“张学长设计的墓地，不同于一般的‘土馒头’，是在地面下挖筑了一个相当大的墓穴，最初设计可以容放两个灵柩的空间，意以一半保留作师母百年后之用。但安葬的时候，梅师母坚决表示：‘校长是清华的人，理应长眠清华，而我则不是，不需要如此安排。’于是在她的坚持下，我们只好将校长灵柩安置在墓穴中间，覆以由曾任台湾‘清华校长’的罗家伦先生题署的大理石墓碑，完成了这个隆重的葬礼。”

06 梅贻琦墓与梅园

梅贻琦校长于台大医院逝世后，移灵新竹校内，墓地由梅师母韩咏华选定，建造的时候墓穴是双人穴，即夫妻共享之墓。但据台湾“清华大学”教务长朱树恭说：“安葬时，梅师母以梅校长和她都是基督徒，日后会在天国相晤，她自己随处可安，不必留墓穴，所以梅校长遗体安放于墓中央。”

朱树恭还在文章中回忆道：蒋经国对梅贻琦校长素极敬重，在梅贻琦逝世后最初若干年，每届5月19日梅校长逝世周年之忌日，常来梅园致敬。有一次适逢大雨，自体育馆前上梅园坡道是泥路，经报告以学校经费支绌，短期内无力铺设柏油。不久，“国军退除役兵辅导会”奉命来梅园铺设柏油（当时预算闻为新台币8万元）。又一年，蒋经国在墓地行礼后，在平台观望，经报告梅园梅树由校友捐款种植（每个单位50元），但负责部门以台湾无真梅树，种了杏梅树，实是桃树，结出桃子，颇与传统墓地花木不合（上古传说，桃木乃五木之精，能压服邪气，插桃枝于户，童子入不畏，而鬼畏之）。蒋经国当时即说“辅导会”在嘉义梅山农场有梅树，可用于梅园。不久，“辅导会”即送来梅树一百棵，代替了原有的假梅树。“梅园有了真梅树，也表达了经国先生对梅校长的怀念与关切。”

07 傅斯年等稿费做棉裤

1950年12月19日晚，是一个寒冷的冬夜。彼时，傅斯年已随国民党撤退至台湾，并出任台湾大学校长。

当晚，傅斯年穿着一件厚棉袍在书房伏案写作，妻子俞大彩把炭盆生起后坐在对面缝补傅斯年的衣袜。突然，傅斯年搁下笔抬头对妻子说："我正在为董作宾刊行的《大陆杂志》赶写文章，急于拿到稿费，做一条棉裤。"又说："你不对我哭穷，我也深知你的困苦，稿费到手后，去买几尺粗布，一捆棉花，为我缝一条棉裤，我的腿怕冷，西装裤太薄，不足以御寒。"

俞大彩听罢，一阵心酸，欲哭无泪。尽管当时台湾的经济状况极度混乱糟糕，但比抗战时期的昆明和李庄总要好一些，傅斯年作为当时台湾岛内唯一一所大学的校长兼"中央研究院"史语所所长，一般人也许觉得他不该再像李庄时那样闹穷了。殊不知当时傅斯年只领着台大的一份薪水，当时他儿子傅仁轨仍在美国读书，他和在台大英语系任副教授的夫人两人的收入，仅能维持最低限度的生活。

此前傅斯年拿到一笔报刊文章的稿费，想托卫生署的官员刘瑞恒出差到香港时买一套现成的西服，但把稿费和家里的存款加起来一算，只够买一件上衣。傅斯年只好说："幸亏我还有没破的裤子，那就只买件上衣吧。"

不数日，当董作宾含泪把稿费送到傅家时，俞大彩双手捧着装钱的信封，悲恸欲绝，泣不成声。用心血换取的稿费到来了，但此时的傅斯年已命归黄泉，不再需要为自己的双腿做御寒的棉裤了。

1950年12月20日上午，傅斯年出席台湾"农复会"的一次会议，突发脑出血去世。

08 蒋梦麟称自己是北大的“功狗”

1950年12月17日，北京大学校友会在台北举行建校52周年纪念会。当时，北大老校长蔡元培早已去世，继任校长蒋梦麟与代理校长傅斯年在撤往台湾后均履任新职，蒋梦麟任“农复会”主任，傅斯年任台湾大学校长兼“中研院”史语所所长。另一位老校长胡适尚在美国。傅斯年在纪念会的演讲中说:“北大的历届校长中，蒋梦麟先生学问不如蔡元培先生，办事却比蔡先生高明，我傅斯年的学问比不上胡适先生，但我办事比胡先生高明。”最后傅斯年笑着评价蔡、胡两位先生说:“这两位先生的办事水准，真不敢恭维。”

傅斯年走下讲台，前任校长蒋梦麟笑着迎上来说:“傅斯年啊，你这话对极了。所以人家两位是北大的功臣，我们两个人不过是北大的‘功狗’。”傅斯年一听，做个鬼脸，笑着走了。

三天后的12月20日，傅斯年突发脑出血病逝。

09 钱穆之死

1966年，由中国大陆掀起的“文化大革命”风暴蔓延到香港，波及国学大师钱穆。蒋介石伸出援手，邀请钱氏夫妇赴台安居并从事力所能及的学术工作。1967年10月，钱、胡夫妇以“归国学人”的身份自港赴台。蒋介石令蒋经国拜钱穆为师，学习治国之学。

钱氏夫妇抵台后着手自建住房。钱穆的新婚夫人胡美琦抛掉香港汇丰银行的股票作为建房之款，选定在台北外双溪建楼，并由胡美琦亲自设计绘制了图纸。蒋经国得知此事，把工程交给阳明山管理局办理。未久，外双溪一座小楼拔地而起，这便是著名的素书楼。

倏忽二十年过去，蒋氏父子先后驾鹤西去，钱穆的素书楼起了风波。

1989年，时任台北市议员的周伯伦，指称钱穆“非法占用市产”，因为素书楼是蒋经国委托阳明山管理局所建，产权当属台北市政府。

一个叫陈水扁的“立法委员”闻听，立即蹦了出来大造舆论，并以书面质询方式强烈要求台北市政府收回素书楼。几番争执，陈水扁想出一个阴招：钱穆搬出后，可把素书楼改为“钱穆纪念馆”。钱穆闻听，愤然叹道：“我活着不让我住，我还没有死就建纪念馆，这是哪家的逻辑？”

最终，在陈水扁等人的围攻夹击下，时年九十五岁、双目失明的钱穆，被迫迁出居住了二十七年的素书楼，在台北市杭州路辟屋居住。迁出不到三个月，心情郁闷的钱穆病逝于新辟的寓所。

1994年，陈水扁当选为台北市市长后，曾在“钱穆纪念馆”素书楼开幕时，对当年自己的鲁莽举动表示忏悔，并对钱氏搬出素书楼不及三个月即死表达了歉意和“对不起”。

10 叶公超梦断台岛

1958 年 8 月，叶公超由“外交部部长”调任台湾当局“驻美大使”。1961 年，联合国成员国召开会议，讨论包括外蒙古等诸国加入联合国的问题。10 月 14 日，叶公超奉召返台。因事出突然，叶公超以为是回台述职，或为“外蒙入会案”当面听旨，几天后必返美，因而只带了一个旅行箱，连办公室都没有收拾，便匆匆乘机抵达台北，暂住博爱宾馆。

叶公超在宾馆，等待“总统”蒋公召见，结果三天过去，一点召见的迹象也没有，而过去主动前来攀亲接故的官僚政客也不见了，自己被晾在宾馆里成了一块没人理睬的洋咸菜。耐不住孤寂冷清的叶氏决定探亲访友，并于 10 月 20 日早上来到了胡适家。主客见面自是亲切，寒暄几句，叶公超说自己离美匆忙，竟把一根结实耐用的皮腰带忘于寝室。江冬秀听罢笑着说：“找条麻绳给你吧！”胡适说：“那怎么行，一个堂堂的‘驻美大使’腰系麻绳出入厅堂，成何体统？”于是到卧室找了一条黑色的皮带送给叶公超，虽短了一些，但勉强可用。此时，叶公超还不知道自己已不能返美了。

未久，叶公超接到一个召谕，大意是“总统”不召见了，叶公超也不必再回任所了，就在宾馆好吃好喝地蹲着吧。

叶公超听罢，如同晴天霹雳，想问几句为什么，可传谕者早已离去。叶公超先是蹲在地板上发愣，继之绕室彷徨，足足三天三夜不吃不喝，直到困乏不堪，才一头倒在床上昏睡起来。未过几天，叶公超的“驻美大使”一职被正式免去，当局令他搬出博爱宾馆，到松江路一个小巷院内居住。叶公超的“外交”生涯与从政之路就此梦断。他平时行动有特务监视，直到 1981 年七十七岁去世，都没能离开台岛一步。

11 林徽因临终遗嘱之谜

1954 年秋，林徽因病情急剧恶化，完全丧失了工作能力。是年底，病危，入住北京同仁医院抢救。

1955 年 1 月，梁思成积劳成疾，入住同仁医院林徽因隔壁病房治疗，与林徽因成了病友。梁思成的病情稍有好转，便每天到妻子房中探视、陪伴，但此时的林徽因已衰弱得难以说话，最后拒绝吃药救治。

1955 年 3 月 31 日夜，林徽因进入了弥留之际，梁思成从隔壁病房来到她的床前，此时林徽因脸上已没有一点血色。看到妻子痛苦挣扎的神情，焦急又没有办法医治的梁思成放声痛哭，喃喃自语道:“受罪呀，徽因，受罪呀，你真受罪呀！……”

夜深之后，梁思成回到自己的病房休息。未久，林徽因自知不久于人世，用微弱的声音告诉护士，她要见梁思成最后一面并有话要说。蛮横的护士竟以“夜深了，有话明天再说”为由予以拒绝。但林徽因已没有气力等到天亮了，最后一个心愿竟未能实现，遂成为终生遗憾。

4 月 1 日清晨 6 时 20 分，林徽因咽下最后一口气，撒手人寰，终年五十一岁。在生命的最后一刻，她究竟要对夫君梁思成说些什么？随着林徽因的去世，这也成为一个不解之谜。

第九章

西南联大往事

01 西南联大的结构

现在，一提起国立西南联合大学，大家都认为它培养了那么多人才，了不起，但对联大的内部结构并不清楚。这个联大其实是个既联合又独立的实体，除了联大的总部外，三校各有其自己的办事处，自己设立一些机构，与联大无关。清华的办事处最大，自己设立的机构也比较多，主要是那些原来办的研究所，有农业、航空、无线电、金属和国情普查等方面的机构，这些研究所都不招学生，与联大毫无关系。清华还有研究院，招收研究生，他们虽然也在联大听课，可是不算联大的学生。北大办有文科研究所，招收研究生，也与联大无关。

正如当时联大文学院院长冯友兰所说："当时的联大，好像是一个旧社会中的大家庭，上边有老爷爷、老奶奶作为家长，下边又分成几个房头。每个房头都有自己的'私房'。他们的一般生活靠大家庭，但各房又各有自己经营的事业。'官中''私房'，并行不悖，互不干涉，各不相妨，真是像《中庸》所说的'小德川流，大德敦化，此天地之所以为大也'。"

02 西南联大办学成功的重要原因

今天，知道西南联大的人已经越来越多了，但知道西北联大的还不是太多。

抗战爆发后，为保存文化的火种，国民政府教育部下达指令，由北京大学、清华大学、南开大学三校组成国立西南联合大学；由北平大学、北平师范大学、北洋工学院组成国立西北联合大学。

西南联大先到长沙后至昆明；西北联大先到西安后至汉中城固继续办学。西南联大一直联合到 1946 年 7 月停办，各归平津原地复校，而西北联大支撑了不到一年即宣告解体。西南联大办校近九年，在 8000 多名毕业生中，产生了 2 位诺贝尔奖获得者、174 位两院院士与 100 多位著名人文学者。而西北联大产生的人才却寥寥无几。究其原因，众说纷纭，莫衷一是。而当时的西南联大常委梅贻琦与蒋梦麟所言，大家认为没有争议。

梅贻琦说：办学好比一个戏班，有一个班底子。西南联合大学的班底子是清华、北大、南开派出些名角共同演出。步骤都很协调，演出也很成功。当时还有一个西北联合大学，也是从北平迁去的几个学校联合起来而成的，设在陕西城固。但是它们内部经常有矛盾，闹别扭，各自为政，终致解体。

蒋梦麟说：西北联大它们好比三个人穿两条裤子，互相牵扯，谁也走不动。这就人为地导致你争我夺。夺得只剩一条裤衩的时候，三方争夺得就更加厉害，因为只有这一点东西可夺了，如果失去就失去了一切。最后的结果是，裤衩被撕碎，三人不得不开始分头裸奔。直至抗战胜利，有的回到平津，有的回到西安，有的回到大西北的兰州，成为抗战合作的一个反面教材。

西南联大之所以能取得办学上的巨大成功，关键在于合作精神，郑天挺回忆这段特殊经历时说:“西南联大八年，最可贵的是敬业和团结精神。教师之间、师生之间、西南联大三校之间均如此。”

03 北大、南开校长的争执

抗战爆发，学校南迁，北大、清华、南开三校最初在长沙组成临时大学，学生们住在一个清朝时期留下的破营房内。某日上午，北大校长蒋梦麟、清华校长梅贻琦、南开校长张伯苓三位常委由秘书主任陪同巡视宿舍。

蒋梦麟看到宿舍破败不堪，一派风雨飘摇的样子，大为不满，认为此处会影响学生的身心健康，不宜居住。老成持重的张伯苓则认为国难方殷，政府在极度困难中仍能顾及青年学生的学业，已属难能可贵，而且学生正应该接受锻炼，有这样的宿舍安身就很不错了，于是二人争执起来。

梅贻琦乃张伯苓在南开时的学生，生性寡言，此时不便表态。争执中，蒋梦麟突然有些怒气地说："倘若是我的孩子，我就不要他住在这个宿舍里！"张伯苓听罢，脸一沉，不甘示弱地反击道："倘若是我的孩子，我一定要他住在这里！"见二人皆面露愠色，梅贻琦不得不出面打圆场，说："如果有条件住大楼自然要住，不必放弃大楼去住破房；如果没有条件那就该适应环境，因为大学并不是有大楼，而是有大师的学校。"

梅贻琦一语双关地劝说，使一场争执才算平息。未久，因长沙战事吃紧，学校内迁至昆明，此事不了了之。

04 土匪不袭扰联大师生

抗日战争爆发后，不只是全国军民被调动起来共同参加了这场伟大的抗日救国战争，有良心的土匪也受感召，以民族大义为重了。

武汉会战之后，当时由北大、清华、南开三校组成的联合大学，要从长沙迁往昆明，有一批师生需穿越湖南、贵州、云南等多个省市才能到达目的地。当时湖南省主席张治中为防止意外，就提前给湘西土匪头目写了一封信，大意是有一批爱国师生，为了保存民族文化火种，要借道去往昆明继续读书，沿途路过时不要打扰他们。

结果，土匪们真听从了安排，这一路师生在三省之地步行了三千五百里，都没有受到土匪骚扰，唯一一次走到一个离土匪窝点很近的地方，半夜传来了枪声，师生极度惊恐，但直到天亮未见有土匪露面。一打听，才知是土匪内部火并，并不是针对师生的打劫行动。

就这样，三校师生步行了六十八天，平安到达昆明。

05 黄师岳将军婉拒礼物

西南联大师生步行三千多里，安全抵达昆明，多亏了一位将军——湖南省主席指派的黄师岳中将的护送。一路上黄师岳带领随行军官高度警惕，严密侦察前行路线。这支师生组成的步行团昼行夜宿，不畏艰辛，终于在1938年4月28日上午，带着满身风尘和疲惫，抵达昆明东郊贤园。

西南联大常委蒋梦麟、梅贻琦，以及南开的杨石先，清华的潘光旦、马约翰等教授，另有部分从海道来昆明的学生前来迎接。队伍的前锋一到，众人立即端茶送水递毛巾，为他们接风洗尘。欢迎的人群还为这支历尽风霜磨难的队伍献歌一曲，歌曲是著名语言学家兼音乐家赵元任特地连夜创作的，词曰：

遥遥长路，到联合大学，遥遥长路，徒步。遥遥长路，到联合大学，不怕危险和辛苦。再见岳麓山下，再会贵阳城。遥遥长路走罢三千余里，今天到了昆明。

1938年6月1日，回到长沙复命的黄师岳给蒋梦麟、梅贻琦寄发一封信，婉拒了联大赠送的金表一只及川资500元。信中说："虽云跋涉辛苦，为民族国家服务，与数百青年同行三千里，自觉精神上痛快与光荣。到滇承招待慰劳，反使内心感与愧，并所赐纪念像，谨什袭珍藏，永远存念以纪此行。至赠送金表一只及川资500元，在公等为诚意，在师岳实无受法，均原璧归赵交来人带回矣。"

06 条条险路通联大

抗战爆发后，许多沦陷区的学生不顾路途遥远以及沿途极可能遭遇敌军的危险，纷纷向大后方挺进，继续找学校读书。北大校长、联大常委蒋梦麟的一个儿子，原在上海交通大学读书，抗战爆发后也想到联大求学。他从上海出发，途中就曾遭遇好几次意外。有一次，他和一群朋友坐一条小船，企图在黑夜中偷渡一座由敌人把守的桥梁，结果被敌人发现而遭射击，惊险逃生。另一次，一群走在他们前头的学生被敌人发现，其中一人被捕，日军还砍了他的头悬挂在树上示众。

尽管如此凶险，沦陷区的学生还是怀揣各自的理想，想方设法向大后方学校挣扎挺进，一路上各显神通。据中文系学生汪曾祺回忆说：有一位历史系的同学，此人“姓刘，河南人，农家子弟，到昆明来考大学是由河南自己挑了一担行李走来的。另外，物理系有个姓应的学生，是自己买了一头毛驴，从西康骑驴到昆明来的”。

辗转来到昆明后，很多学生还要考虑入学前的吃住问题。山东威海一位叫梁维伦的穷学生，为了省钱，曾有一段时间住在昆明西山的华庭寺，那里有免费房间可以寄宿，虽然条件艰苦，但总算有个落脚处，每日料理点食物也不难填饱肚子。寺中和尚每晚有打坐功课，打坐过后且有可口的豆浆稀饭作为夜宵。于是梁维伦坚持每晚参加打坐（一两个小时），为的是喝上一口豆浆稀饭，解决民生问题。

当年暑期，教育部统一考试结束后，梁维伦考入当时最为时髦的西南联大航空工程系，算是流亡学生中有志者事竟成之一例。

07 梁思成为盖联大宿舍发火

1939 年，在昆明的西南联大向当地政府要了块地，自己盖宿舍。

校长梅贻琦找梁思成、林徽因夫妇设计校舍。梁、林夫妇开始设计的是多层小楼，但联大经费紧张，教职工薪水都成问题，学生更是吃带沙子的米饭度日，生活极度困难。这样，小楼改成了三层木结构楼房，校领导一算，仍旧没钱盖。又改成二层，款项还不够。又改成平房，砖墙变成了土墙。最后，平房又变成了铁皮顶和茅草顶。

梁思成对于如此简陋的校舍规划实在恼怒不解，冲进梅贻琦校长的办公室，把设计图一拍，说:“改，改，改，从高楼到平房，又成茅草房，还要怎么改？不如露天上课生活算了。”

梅贻琦和颜悦色地说:“思成啊，现在是抗战时期，大家都在共赴国难，请再谅解我们一次，等抗战胜利回到北平，一定请你为清华园设计世界一流的建筑物，行吗？”

梁思成听罢，想起时局的艰难，流下了眼泪。

08 联大教室的特色

全面抗战爆发后，平津沦陷，北大、清华、南开三校组成了西南联合大学，在昆明继续开课。

初到昆明的联大工学院，上课教室由附近的一个会馆旧址改建，一切因陋就简。有个大班教室，系利用会馆中的一个正殿改建，并无隔墙，倒也通风凉快。某日上课，是刘仙洲教授讲授“机械学”，那天风雨交加，冷不防雨水侵入，淋了刘教授一身，班上同学对此突发情况尚在发呆之际，刘教授却自我解嘲，笑着说:“前不久重庆友人来信问此间上课情形，我回信告以一切满意，风雨无阻。这就是我们在联大读书了不起的地方，你们看是不是‘风雨无阻’？”引得全班一片笑声。

旧址改建的教室风雨“无阻”，新建的矮平房则是“铿锵有声”。

当时西南联大建造的矮平房是用铁皮做屋顶，一旦遇到刮风下雨，铁皮便开始在屋顶发疯似的抖动摇晃起来，并伴有稀里咣当、叮叮咚咚的嘈杂声。其声之大、之刺耳，早已压过了面呈菜色的教授的讲课声。有苦中作乐者，把这一独特风景引用前人的对联在校园贴出，谓：风声雨声读书声，声声入耳；家事国事天下事，事事关心。这对联既是自嘲，也借以激励联大师生。有时雨声久经不停，老师干脆在黑板上写下“停课赏雨”四个字。当时在此就读的杨振宁回忆说:“那时联大的教室是铁皮顶的房子，下雨的时候，叮当之声不停。地面是泥土压成，下雨之后，满是泥坑；窗户没有玻璃，风吹时必须用东西把纸张压住，否则就会被吹掉……”这位后来的诺贝尔奖得主，还有与他一道获奖的李政道等一流学者，就是在这样的环境中成长起来的。

風聲雨聲讀書聲聲聲入耳
家事國事天下事事事關心

09 联大教材编撰的用心

抗战时期的西南联大，由杨振声、罗常培、朱自清、罗庸、浦江清等名师主持编撰了一本《西南联合大学国文选》，一直作为大一学生国文课教材使用。

关于这本教材的编撰之用心，当时学生汪曾祺做过如下评述："一是课文的选择。《诗经》选了'关关雎鸠'，好像是照顾面子。《楚辞》选《九歌》，不选《离骚》，大概因为《离骚》太长了。《论语》选'冉有公西华侍坐'。'莫春者，春服既成，冠者五六人，童子六七人，浴乎沂，风乎舞雩，咏而归'，这不仅是训练学生的文字表达能力，这种重个性，轻利禄，潇洒自如的人生态度，对于联大学生的思想素质的形成，有很大的关系，这段文章的影响是很深远的。联大学生为人处世不俗，夸大一点说，是因为读了这样的文章。这是真正的教育作用，也是选文的教授的用心所在。"

1938年考入西南联大外文系的学生许渊冲回忆说："这一年的大一国文，真是空前绝后的精彩。陈梦家先生讲《论语·先进篇》，讲到'莫春者，春服既成，冠者五六人，童子六七人……咏而归'时，只见陈氏挥动双臂，长袍宽袖，有飘飘欲仙之慨，使我们知道了孔子还有热爱自由生活的一面。有一个中文系同学开玩笑地问我：'孔门弟子七十二贤人，有几个结了婚？'我不知道，他就自己回答说：'冠者五六人，五六得三十，三十个贤人结了婚；童子六七人，六七四十二，四十二个没结婚；三十加四十二，正好七十二个贤人，《论语》都说过了。''五六'二字一般指'五或六'，有时也可指'五乘六'，从科学观点来看，这太含糊；从艺术观点来看，这却成了谐趣。"

10 联大的学术氛围

西南联大中文系教授唐兰在联大授课时，开课较多，有“六国铜器”“甲骨文字”“古文字学”“说文解字”“尔雅”“战国策”及“词选”等。唐氏讲课不带讲稿，像平时聊天，如此一来，师生之间的距离无形中拉近了不少，时间越长越觉亲切。

当时就读的学生朱德熙说：“听唐兰先生的课不但可以了解先生的学术见解，而且还可以看出先生治学的方法、态度和风格，所以很多同学爱听先生的课。记得当年在联大听先生课的，除了中文系的学生外，还有两位教授，一位是物理系的王竹溪，另一位是哲学系的沈有鼎。王先生听的是‘说文解字’，沈先生听的什么课我不记得了。不过沈先生是联大有名的不修边幅的人，他那满脸胡茬，光脚穿一双又旧又破的布鞋走进教室的样子至今犹历历在目。”

又说：“当时昆明物价飞涨，教授生活十分清苦；加上日本飞机轰炸，三天两头跑警报。就在这样的环境里，王、沈两位先生居然有闲情逸致，跑到中文系来旁听立庵先生讲课，这事很能说明当时联大学术空气之浓厚。”

联大前后办了近九年，师生颠沛流离，生活十分艰苦。可在茅草棚的教室里却培养出不少国内外知名的学者。究其原因，朱德熙认为至少有三个方面：“第一是外来的干扰少，第二是教授阵容强，第三就是有浓厚的学术氛围。”

11 联大的考试制度

成立西南联大的近九年时间里，出了2位诺贝尔奖获得者、174位院士和100多位人文学者，这样丰硕的教育成绩与学校严格的教学制度有很大关系。

学校规定，学生所选课程的总学分，有最低和最高界限，选什么课由系主任签字决定，考试成绩55.9分与0分相同，没有补考。二分之一课业不及格即勒令退学，三分之一不及格留级，连续两次三分之一，按二分之一计。

据联大学生周明道说："学生考试时监考非常严格，稍微移动一下身子，便可吸引老师疑虑的眼光。教授经常给不及格，甚至像陈福田先生那样还要给负分，从下次所得分数中扣除。有位物理教授给某同学59.5分，学生向老师抱怨只差0.5分，如果多给个半分，就可以在工学院念下去了。老师回复说：'你就只值那么多，虽为半分之微，无法多给。'"

当然，除了制度，还与强大的教授阵容有关。据一位研究者统计，先后在西南联大任教的179名教授（含副教授）中，有97人留美，38人留欧陆，18人留英，3人留日，总计156人，占总数的87%。在26名系主任中，除中国文学系外，皆为留学归来的教授，5位院长皆为留美博士。

或许，这样的阵容，就是梅贻琦所倡导的"所谓大学者，非谓有大楼之谓也，有大师之谓也"的具体体现吧。

12 联大的淘汰率

前面提到西南联大选课、授课与考试制度之严，现在说一说联大学生的淘汰率。

比如说，在联大工学院早期的三系中，以电机工程系淘汰率最高。该系 1932 年度招收学生 31 人，至 1936 年毕业时仅剩 10 人，淘汰率达到了 67.8% ;1933 年度一年级新生 36 人，至 1937 年时毕业人数只有 13 人，淘汰率 63.9%，依旧过半。而到了西南联大时代，淘汰率亦相差无几。如此高标准要求与高比例的淘汰率，在世界诸地一流大学中亦属罕见。

又比如说，1944 年航空系共有 30 多人，经过 4 年的淘汰，到毕业时，只剩 2 人。另有 8 个人一起毕业，其中 4 人读了 5 年，有 3 人读了 6 年，有 1 人读了 11 年，这位学生姓梁，是 1937 年入学的，直到 1948 年内战即将结束时才毕业。

13 联大学生给小偷化妆

抗战中期，西南联大学生与教职员工人数迅猛增加，校舍内外一时间显得杂乱无章，师生丢失物品的事情也接连发生。

贼娃子光临寒舍，不仅偷值钱物品，甚至连学生平时穿的衣裤也顺手牵走。学生胡兆炘回忆道："某晨，同室刘善治兄醒来，发现放在桌上的衣服全不见了，还以为是我和他开玩笑，便连说'别开玩笑了'，刚开始我俩还互相打趣，后来发现衣服竟是被人偷了，这一来刘兄连起床都成了问题。那段时间，失窃事件时有发生，所以设法抓小偷成了当时大家最起劲和兴奋的事。"

有一天小偷复来，入室后被埋伏在外的同学当场按倒在地，五花大绑，吊了起来，同学们先是用刮胡刀在小偷眉毛处左右削刮，剃掉一条眉毛，再把头发刮成有如印第安人（红番）发型，最后用红药水于脸部写上"小偷"二字，领到校园展示之后才放其离开。

此事被梅贻琦校长闻知，专门派训导长查良钊向学生训话，略谓小偷固然可恨，但学生如此做法也是不妥当的，抓住小偷要送警队处理，不要殴打，更不要以刮胡刀乱剃眉毛、把人弄成红番模样侮辱人格。

听了训话，大家默然，之后也就没再发生给小偷化妆的事情。

小偷

14 联大的体育

清华的体育课教学同样很严厉，成绩也十分重要，不达标者，早年是不准留洋，比如后来成为清华国学研究院主任的吴宓，当时就因为游泳一课不过关，被体育教授马约翰留校一年，直到吴宓成绩过关后才准予出国。到后来，如果体育成绩不过关，即使学业成绩再佳也不发毕业证。这个规矩到了西南联大时代也是一样。

据联大校花王远定回忆说:“当时系中一男同学，就是在跑跳上、用双手攀住高牌翻越而过的功夫上，练不到家不能过关，一气之下说这张‘纸’不要了。”

对学校和主持校务的梅贻琦而言，这张“纸”能否得到，决定权在学生自己手中，要与不要，悉听尊便。规章制度所在，势难对某个人给予特殊照顾或网开一面。此之为清华之清，联大之大也。

15 联大学生打工

今天，大学生课外兼职打工已是常态，但总体来说其劳动成果对所在城市或整个社会的发展，影响并不大。但抗战时期西南联大学生们打工的影响力就不同了。

据联大一位姓李的同学回忆说："想起联大，大家都有一个共同的感觉，联大真大，而这个大，不是说校舍如何之大，教室如何之大，而是说无形的影响力比有形的资产更大。如果联大同学一旦不高兴而罢工，那势必将使当地很多中学放假，甚而有一两所中学，将没有一位老师（包括校长）上课；报纸必将有一部分停刊；所有杂志没有联大同学的支持，不仅失去读者，也将失去作者。当时比较著名的，如《今日评论》《当代评论》《连战国策》……没有一家少得了联大师生的参与和支持。不仅如此，法院如何发薪？邮政局里谁卖邮票？盖法院会计主任，邮局售票员皆联大同学也。电影院中文字幕何处来，有些舶来化妆品也将缺货而致物价上涨。银行存放款又将由何人管理？

"每天中午或午夜十二时，都听到大西门上一声炮响，那位炮手，正是联大同学……联大同学一旦不管，警报不响，其损失待将如何？电报局拍不出电报，电台也播不出消息，没有联大同学，昆明成何世界？"

西南联大受昆明的庇护得以存在，联大师生亦带着感恩的心以自己的力量回馈昆明。如此成就了中华文化史上一座难以逾越的高峰。

16 杨振宁打工埋下的缘分

说起西南联大学生打工，有不少为人喜闻乐道的故事，比如说杨振宁先生的打工经历，就常常被人当成一段佳话谈起。

1940年11月，西南联大利用自己的师资力量和优秀毕业生资源，创办了联大附属中学、附属小学等教育机构，形成了极为可观的教育基地。杨振宁取得联大学士学位以及清华物理学硕士学位毕业后，在考取公费留美的等待期间，曾在联大附中“兼差”教数学近一年。当时杜聿明将军之女杜致礼就在其班中上课，后来杜小姐赴美留学，1950年与杨振宁邂逅于异国他乡并心生爱慕。再后来，杜致礼便成了杨氏夫人。1957年12月，杜致礼与杨振宁同行，参加了瑞典斯德哥尔摩诺贝尔物理学奖颁奖仪式，全世界为之瞩目。此一段姻缘，亦成为西南联大兼差趣事的一段美谈。

17 昆明的警报等级

抗战初期，位于西南的昆明是安全的。但到了 1938 年 9 月之后，日机开始轰炸昆明，大家就只好往城外跑。从此，昆明各阶层都开始跑警报了。

跑警报的流程是这样的。整个过程分为三级，即预行—空袭—紧急。所谓“预行”警报，即防空部门在昆明五华山铁塔瞭望台旗杆上悬挂一个红灯笼，进入“空袭”警报则悬挂两个红灯笼，并且鸣警报器，这就意味着日军飞机已飞过河口，进入云南境内，如果还往北飞，昆明就响起空袭警报，五华山瞭望台旗杆就挂红球，警报“昂、昂、昂……”响十分钟。

如果日军飞机已经飞临开远县境，则意味着百分之百要实施轰炸，观察人员传来信号，昆明就要响“紧急”警报，警笛“昂、昂、昂……”响五分钟，同时取下两个红灯笼。五分钟短鸣响过之后，人不管在哪个位置都不能再移动，更不能站着跑跳或做什么动作，因为一走动就是流动目标，就有引导日军飞机轰炸重要目标的汉奸或间谍嫌疑。同时，跑警报期间不管是停是留，手中不能携带或高举带柄的可疑物品，这种物品会被认为是给敌机发引导信号，仍属重大奸细与特务嫌疑，必被宪警擒获侦讯问罪。

18 跑警报与三角恋爱

西南联大校园后面有座土山，沿山边古驿道北走四五里，驿道右侧较高的土山上有一横断的山沟，据说是某年某月由于地震造成。沟深约三丈，沟口有二丈多宽，沟底也宽有六七尺，是一处极佳的天然防空沟，日本飞机若是投弹，只要不是直接命中落在沟里，即便是在沟顶上爆炸，弹片也不易蹦进来。机枪扫射也不可怕，因为沟的两壁是死角，子弹是难以拐弯的。

此沟之大可容数百人，年轻的师生常到这里躲避，无聊之时就在沟壁上修了一些私人专用的防空洞，大小不等，形式不一。这些防空洞不仅表面光洁，有的还用碎石子或碎瓷片嵌出图案，缀成对联。

对联大都有新意，联大学生汪曾祺回忆说，至今还记得两副，一副是“人生几何，恋爱三角”；一副是“见机而作，入土为安”。后一副显然是借用了陈寅恪的对联“闻机而坐，入土为安”，也算是一种对眼前场景的纪实。前一副如汪曾祺所言，表面看来“是一种泛泛的感慨，但也是有现实意义的”。

因为跑警报的时间与次数多了，在西南联大就出现了一个特别的情形：同学跑警报，成双成对者越来越多。跑警报说不上是同生死，共患难，但隐隐约约有那么一点危险感，和看电影、遛翠湖时不同。这一点危险感使两方的关系更加亲近了。女同学乐于有人伺候，男同学也正好殷勤照顾，表现一点骑士风度。正如孙悟空在高老庄所说：“一来医得眼好，二来又照顾了郎中，这是凑四合六的买卖。”

按照老金所教的逻辑课中的逻辑推理，有恋爱，就有三角，有三角，就有失恋者。当时联大跑警报的“对儿”并非总是固定的，有时一方被另一方“甩”了，两人“吹”了,“对儿”就要重新组合。据汪曾祺猜测，在防空洞写下那副“恋爱三角”对联的，大概就是一位被“甩”的男同学。

19 吴宓跑警报遇情敌

吴宓在1940年10月30日的日记中曾有这样记载:“逃避空袭出郊野终日，实为少年男女缔造爱情绝佳之机会。”由此可见，吴教授对跑警报中所见所闻的男女恋爱逸事，是格外关注并有所幻想的，只是这种幻想落到现实之中，对于不如意的人来说，往往又在尴尬之外生出一份苦涩，而吴宓就是亲身经历过类似事件的人。

吴宓自早年与夫人陈心一离婚后，便一直狂追死缠号称“三洲人士共惊闻”的梦中老情人毛彦文。然而天公不作美，纵使吴大才子花尽心思、痴心以对，对方仍不为所动。后来深感追求毛彦文前景渺茫的吴宓，乃另辟蹊径，在追毛彦文的同时，又坐地追求联大生物系女助教B(英文名蓓拉)。只是情路坎坷的吴宓，这次也不走运，正当他准备发动攻势时，却发现B小姐已与本校一位姓赵的体育教员相好，这个“三角”关系令吴宓十分苦恼。

某次跑警报，B小姐与赵青年一同跑至苏家塘东山之下并肩坐地歇息，忽见吴宓气喘吁吁地跑来，二人“见宓，低伞以自障”。吴宓见状，只好紧急刹脚，眼珠乱转，手足无措，也不知说什么好，只能识趣地喘着粗气转道跑开。数日后，警报又响，但见B小姐“装扮完整，服红灰色夹大衣”，而赵某人“衣航空卦，草绿军裤。手持照相机。身貌其伟健壮”，二人“相伴而行”。宓见之，大为尴尬，只好“缓行，遥尾之”。

20 金岳霖跑警报丢书稿

抗战时期，在西南联大教书的金岳霖，每逢日机轰炸昆明的警报响起，他就两手各提一个箱子向郊外跑，其中一个箱子放着他视若生命的《知识论》手稿，另一个装有跟林徽因的往来信件。

却说有一次敌机突至，警报响起，老金同往常一样挟起两个箱子向郊外逃奔，待赶到城北蛇山安全地带后，便寻找一块平坦石头坐下，取出书稿埋头修改。

这次日机轰炸的时间比往日长了许多，疲惫不堪的老金以书稿当枕头，竟睡着了。醒来时，天已经黑了。老金坐起身，提起箱子就走。等回到宿舍才想起，书稿忘了拿，急忙拿了手电筒赶回去寻找，却怎么也找不到那块石头。待第二天再去寻，就只看见白天躺着的那几块石头和飘荡的野草，书稿踪迹全无。

回到宿舍后，老金从巨大的懊丧与悲苦中逐渐恢复平静，痛下决心从头再来。这部后来在学术界影响巨大的哲学巨著《知识论》，直到七年之后的 1948 年年底才完成。

由于在昆明发生的这件离奇事件，书还没出版就传遍了学术界。

21 林徽因母子跑警报

林徽因在昆明的时候，与联大教授一起跑警报，但是各跑各的，不见得都躲在一个山沟或坟圹子里。此等情形，林徽因在给她的好友、美国人费慰梅的信中可以看到。林徽因说：“日本鬼子的轰炸或歼击机的扫射都像是一阵暴雨，你只能咬紧牙关挺过去，在头顶还是在远处都一样，有一种让人呕吐的感觉。可怜的老金，每天早晨在城里有课，常常要在早上五点半从这个村子出发，而还没来得及上课，空袭就开始了，然后就得跟着一群人奔向另一个方向的另一座城门、另一座小山，直到下午五点半，再绕许多路走回这个村子，一天没吃、没喝、没工作、没休息，什么都没有，这就是生活。”

梁思成、林徽因的儿子梁从诫在童年的记忆里，曾留下了这样的画面：“有一次，日本飞机飞到了龙头村上空，低到几乎能擦到树梢，声音震耳欲聋。父亲把我们姐弟俩死死地按在地上不让动。我清楚地看见了敞式座舱里戴着风镜的鬼子飞行员，我很怕他会看见我，并对我们开枪，我感受到了死亡的威胁。”

22 学生跑警报躲考试

抗战时期的昆明人，只要警报一响，不管男女老少，都得往外跑。

频繁地跑警报，也留下了许多有趣的故事。

当时昆明警报之频繁，从西南联大中文系学生汪曾祺的一段幽默风趣的回忆可见一斑：西南联大有一位历史系的教授——听说是雷海宗先生，他开的一门课因为讲授多年，已经背得很熟，上课前无须准备。下课了，讲到哪里算哪里，他自己也不记得。每回上课，都要先问学生："我上次讲到哪里了？"然后就滔滔不绝地接着讲下去。班上有个女同学，笔记记得最详细，一句不落。雷先生有一次问她："我上一课最后说的是什么？"这位女同学打开笔记夹，看了看，说："您上次最后说'现在已经有空袭警报，我们下课'。"

因跑警报而中断授课的情况，自然给师生造成了很多困扰，但有时候学生又把跑警报当成一临时的挡箭牌，笑而迎之。

据 1941 级联大学生翟国瑾说，跑警报也被称为"烟筒响"，因为警笛报警的声音类似烟筒的响声。话说某日，"陈岱孙教授在昆中北院大教室上'财政学'，临时宣布举行小考。大家登时紧张起来，要求改期又未果，某女同学乃气愤地说：'烟筒响就好啦！'不料天下事竟有如此巧合者，一言未毕，而'烟筒'果然响矣"！

"大家闻听一阵欢呼，纷纷夺门而逃，秩序为之大乱。只有陈教授仍含着烟斗，不慌不忙地说：'不必跑，不必跑！如果来不及……已经来不及啦！'同学们一想，果然有理，乃秩序井然地缓步追随陈教授之后，从容出西便门而去。"

23 被当作间谍看待的学生

抗战时期，昆明跑警报是有严格规定和规矩的，如果不懂或乱了规矩，就是自找麻烦。现在举一事例。

据联大学生梁维伦回忆说："工学院学生视为贵重财产的是不可或缺的计算尺。当时尚无电子计算工具，所用计算尺均系进口货，被读工科的穷学生视为至宝，故躲警报时必随手携带与其共存亡，在郊外枯坐时间太长，有时也会利用时间做习题。某次一位同学于躲避空袭时使用计算尺做习题，适有巡逻警员路过，此警员认为该同学是在用计算尺向敌机打信号，有汉奸嫌疑，要带回去问话。该同学解释此计算尺仅用以计算数字，警员一听更认为这是在计算飞机高度，带走之意益坚。虽有其他同学闻争吵声前来帮助解释，警员亦不加理睬，唯因见人多势众，亦无可奈何，离去时仍面有怒容，自言自语道：'云南这个地方可不是好玩的。'自此次风波以后，同学们躲警报随身所带之计算尺，多深藏于书袋中，不敢轻易'露白'矣。"

24 蒙自听风楼的联大女生

抗战爆发后，北大、清华、南开三校先是组成临时大学在长沙开课，后因武汉沦陷，学校开始向云南迁移，组成国立西南联合大学。由于房舍限制，联大的理工科类专业师生在昆明开课，文法科类师生则在离昆明八百里的中越边境蒙自县城开课。

1938年4月12日至20日，经粤、港来滇的男女学生，分批抵达蒙自。由长沙步行来滇的学生，也于4月底到达，突然涌入如此多的外乡人，当地乡民与士绅纷纷前来观望，整个县城为之轰动。

5月4日，联大分校宣布开学，寂静的蒙自小城又重新热闹起来。全体女生借住在城内早街周伯斋家宅的一幢三层小楼，学生们取其名曰“听风楼”。周家不仅借出一幢楼房照应女生住宿，还设宴款待联大先遣团成员，令师生深为感动。

因蒙自地处边陲，社会成分混杂，打家劫舍的匪徒不时光顾。有天晚上，一女学生忙于作业回去晚了些，走到一处湖边时，突然从树林里蹿出一小伙子，先说想与女生交个朋友，女生一听是当地口音，有些害怕，转头就走，想不到这小伙急忙追上来，亮出一把刀子要钱。女生一个趔趄，挣脱了对方的手，边跑边从包里掏出几个钱扔在地上，同时呼喊救命。正好前方来了一个挎篮子的老婆婆，听到呼声，上前一把把女生拉到身边护起来，叫说“孩子莫怕”，后面小伙一看这情形，也就不再追，转身钻入了湖边的树林不见踪影。

这件事，对西南联大蒙自分校是一个震动，校领导郑天挺等找当地政府协商，为防不测，由县里派保安队四十名队员驻扎在“听风楼”附近的三元宫道士观，对女生实施保护，每当晚自习散后，女生们集体行动，由校警护送进城，回周家大院住宿。

此后，没有再发生类似事件。

25 蒙自南湖岸边的美女

云南蒙自小城之南、联大分校附近有一片洼地，周围遍种杨柳，大雨过后，积水成湖，当地人称为南湖。

1938年，联大分校师生到来后，南湖成为课外时间闲游之所。联大教授钱穆经常环湖散步并有一发现，即“远望女学生一队队，孰为联大学生，孰为蒙自学生，衣装迥异，一望可辨。但不久环湖尽是联大学生，更不见蒙自学生。盖衣装尽成一色矣。联大女生自北平来，本皆穿袜。但过香港，乃尽露双腿。蒙自女生亦效之。短裙露腿，赤足纳两履中，风气之变，其速又如此”。

由此可见，所谓社会风气或者说风俗这个东西，真的像风一样，流动之快令人惊叹。一夜之间，说变就变了，都看不出变化的痕迹。

当然也有特殊的，或曰潮流的先驱者，会给人留下更深刻和长久的印象。如当时联大蒙自分校有一富家出身的女生，本好打扮装束，自香港经安南一路到蒙自，学业没增长多少，装束方面的技能却上蹿了许多档次。当这位女生一袭红白相映的新衣出现在南湖岸边时，游湖的师生惊为天人，继而恍于梦中突遇仙女下凡。只见这位仙女顾盼生辉，满面春风地含笑向自己走来、走来……众师生眼望垂柳摇曳的倩影伴着少女的花容月貌在眼前晃个不停，无不心跳加速，面赤腿软。

许多年后，当时有幸一睹仙女芳容的政治系教授浦薛凤还牢牢地记着这位女生的名字——王慧敏。只是这位名动一时，号称“交际花”的王生，后来花落谁家，连这位一度出任台湾当局“教育部政务次长”的浦薛凤也没探听到确切消息，遂成人生一大憾事。

26 联大学生入赘蒙自

打扮艳丽的女生耀眼夺目，联大的男生也较劲儿般，各不相让地跟在女生屁股后头尽展风流。

就特色言之，北大的男生喜穿长衫，文质彬彬如同乡村学究；清华学生不乏西装革履者，如同归国华侨或时髦商人；南开学生则多穿夹克，头戴软底的小礼帽，有的还戴一墨镜，如同美国电影中的侦探，既神秘又恐怖，用北京话说，很是唬人。

游湖时，有调皮的男生专门弄来蒙自特产的藤木拐杖，像阔佬一样西装革履、拄着拐杖大摇大摆地走在前边，后边跟着几位着丝绸旗袍、足蹬高跟皮鞋的女生。当地士兵有游湖者，认为来者是省府或地方的要员，情不自禁地向男女生立正行军礼，并一脸严肃、紧张地呼曰“长官”“太太”“小姐”等。男生们听罢，装模作样地点点头继续前行，女生们则羞涩地扭着高翘的臀部，以手捂住白齿亮丽的嘴巴，啼笑皆非地跑开。

联大学生的装束打扮和出演的闹剧，轰动一时，不但令蒙自女生群起效之，蒙自城内的中老年妇女也追逐起来。此前，当地妇女长裙及地，长袖及腕，无论冬夏，皆是如此。新娘子上街必打“遮羞伞”，青年男女上街不得并肩而行。自联大女生到来后，不但新娘子的“遮羞伞”送回了她娘家，即使一般妇女也开始穿起短裙，与学生们争奇斗艳，甚至争风吃醋，而占上风的不全是联大，如一男生被当地一咖啡店老板的女儿姿色所惑，神魂颠倒，索性弃学入赘，当起了咖啡店的二老板。

27 陈寅恪书箱被窃贼换成砖头

抗战爆发，清华大学教授陈寅恪随校南迁至云南蒙自县。一路由天津、青岛、济南、长沙经香港、安南赴滇。抵达越南海防时，陈寅恪把随身携带的文稿、拓本，以及经年批注的多册《蒙古源流注》《五代史记注》等，装入两个木箱交与铁路部门托运——这是他几十年心血凝聚并视之为生命的珍贵财富。

待陈寅恪赶到蒙自，雇人力车夫将木箱运至学校打开校点时，发现箱内只有砖头数块，书籍等物踪迹全无。面对如此惨状，陈寅恪当场昏厥。吴宓等教授见状，急忙上前掐人中，按胸部、撬嘴灌水等一阵折腾，才使陈寅恪缓过气来。

据几位教授推断，木箱应在越南海防换滇越火车时发生了变故，而盗窃者可能就是铁路内部的不法分子，他们见书箱沉重，误以为内塞金银珠宝，或其他贵重物品，遂想法窃走，因多数书籍由包袱或其他物包藏，窃贼即使发现书，也并不以为全部皆书，仍存以书掩金的幻想，遂全部盗走。为防盗事过早暴露，易砖头数块入箱内，以此蒙混过关。

此劫发生十七年之后的1955年，栖身岭南中山大学的陈寅恪突然收到越南华侨彭禹铭的一封信，言其家居西贡，曾到海防搜买旧书，偶得陈氏当年遗失《新五代史》批注本两册，寄存家中。陈寅恪闻讯大喜，急欲见到实物，惜越南政府禁书出口，法令甚严，一时无法携出，只好等待时机。未久，越南战火突起，兵火所及，将西贡数万人家变成瓦砾之场，彭禹铭家不幸亦在其内，家藏数千卷古籍尽付一炬，陈寅恪批注本《新五代史》一并化为灰烬。

28 闻一多的何妨一下楼

今天，原云南蒙自歌胪士洋行已成为国立西南联大蒙自分校纪念馆，这座楼的名字也不再是歌胪士洋行，而是改为“何妨一下楼”。为何要叫这么个古怪的名字，其中有个典故。当年，联大师生流亡到蒙自后，多数师生住在这座楼上，当时闻一多教授专事《楚辞》和神话研究，除授课外，埋头于这座楼的二层轻易不踏出房门，每到课休或饭后，教授们结伴到南湖堤上散步闲游，患有眼疾的陈寅恪也经常参加，唯闻一多不肯“入伙”。据郑天挺回忆说：“在歌胪士洋行住宿时我和闻一多是邻屋。他非常用功，除上课外从不出门。饭后大家散步，闻一多总不去。我劝他说，何妨一下楼呢？大家都笑了起来，于是成了闻一多的一个典故，也是一个雅号，即‘何妨一下楼主人’。”

闻一多为何总是不下楼呢？这里面有刻苦用功的成分，而更多的则是个人情绪。据浦薛凤教授回忆说，在蒙自时，抗战打得正酣，联大分校教授一时分成了“主战”与“主和”派阵营。“主战”派讥“主和”派怯懦悲观，“主和”派斥对方为鲁莽糊涂。两派不但在共桌吃饭时争论，即使散步游湖时也经常争论不休，不欢而散，心中形成芥蒂亦不可避免。

被同人戏称为“何妨一下楼主人”的闻一多，当时是“主战派”主将，面对“主和派”人多势众的压力，他不甘屈服于对方的观点，憋着闷气不能倾吐，又不便抡拳当场把对方打趴桌旁，只好强按怒火，饭后“躲进小楼成一统，管他春夏与秋冬”，索性来个耳不闻，心不烦，也算是一个精神解脱的办法——这便是闻氏不愿下楼的真正原因。

29 联大学生的学生

1938年暑期开始，西南联大本部在昆明的校舍基本完工，处于西南边陲，交通、生活等诸方面不便的联大蒙自分校师生，根据校领导指示，结束学业，开始向昆明迁移。学生们遂打点行囊，动身出发。

到碧色寨火车站送行的队伍中，除了联大蒙自分校等待最后撤离的朱自清等几名教授外，还有五十多名当地青少年，他们是联大学生的学生。

在蒙自半年多的时间内，联大学生埋头读书，成立“南湖诗社”，还创办了一所平民夜校，从当地招收失学的青少年学生五十余人，为其补习文化知识、讲解时事、教唱抗日歌曲，等等。夜校设在歌胪士洋行一层两个房间内，学生们热情高涨，当地群众极其满意，与联大师生的感情得到了进一步升华，也播下了进步思想的种子，时间虽短，影响至深。

这五十多名夜校学员闻听他们的老师——联大学生即将赴昆明的消息后，自发组织起来到车站送行。有的为联大学生提包，有的握着对方的双手久久不愿放下，依依惜别之情催人泪下。据“南湖诗社”社员周定一说，学员中有一位年龄较大的男生，他腿有点跛，行动有些不便，但他仍热情地在车窗前跑前跑后，满头大汗地为联大学生们递行李，和学生们一一握手告别，脸上的汗水、泪水流到了一起。望着他那真诚、憨厚和恋恋不舍的样子，联大学生也流下了热泪。

后来，这个腿有点跛的青年学员率领几个代表，专门由蒙自到昆明看过他们的老师。走时，联大学生把他们一行送到昆明火车站，再度洒泪相别。

30 沈有鼎占卜问吉凶

1938年秋季，流亡西南边陲的联大蒙自分校师生，按计划迁往昆明本部上课。最后一批撤退的汤用彤、钱穆、吴宓、沈有鼎等七位教授，于冷清寂寞中搬到城郊一个叫“天南精舍”的二层小楼抱团取暖。

未久，移驻蒙自的空军基地人员漏出音信，说是日军很可能要来空袭基地。七位教授住的“天南精舍”距空军基地不远，虽然空袭主要是针对空军，但基地起火，难免殃及池鱼，几位教授甚是担忧。

正在诸位焦虑而又不知如何应对之时，沈有鼎发挥了他的特长，谓自己是《周易》研究专家，甚得卜筮之道，可以用八卦占卜吉凶。

众教授一听半是欢喜半是无奈，乃请沈有鼎于月黑风高之夜进行占卜。

沈有鼎挽起衣袖，扎好马蹲，一番神秘兮兮的摆弄后，得节之九二，验之以书，竟是“不出门庭凶”五字。众人大骇，遂决定自明天起，每日早餐后，携带干粮、水壶与所读之书，立即出门，到蒙自郊外荒野偏僻之处各自读书，下午四点之后归宿。

为了做到言而有信，行之有效，众人决定推选吴宓为本次行动的总指挥。每至清晨，由吴宓逐室叩门呼唤督促，迟到者则遭批评。早餐后由吴宓率队至郊外躲避空袭，一连数日皆由吴总指挥发号施令，其状“俨如在军遇敌，众莫敢违”。

如此这般度过数日后，接文学院院长冯友兰从昆明发来的电报，嘱其七人提前赴昆明开课。于是,“天南精舍”七位教授收拾行囊，告别了即将燃起战火的蒙自。

图书在版编目（CIP）数据

岳南趣讲大师 / 岳南著 . — 杭州 : 浙江教育出版社 , 2021.3
ISBN 978-7-5722-0833-1

Ⅰ. ①岳… Ⅱ. ①岳… Ⅲ. ①历史故事—作品集—中国—当代 Ⅳ. ①I247.81

中国版本图书馆 CIP 数据核字 (2020) 第 176576 号

责任编辑 董安涛　**美术编辑** 曾国兴
责任校对 杜　玲　**责任印务** 曹雨辰
产品经理 李　敏　**特约编辑** 谢　演

岳南趣讲大师
YUENAN QU JIANG DASHI

著者　岳南

出版发行　浙江教育出版社
（杭州市天目山路 40 号　电话：0571-85170300-80928）
印　　刷　雅迪云印（天津）科技有限公司
开　　本　880mm×1270mm　1/32
成品尺寸　150mm×210mm
印　　张　8.5
字　　数　183000
版　　次　2021 年 3 月第 1 版
印　　次　2021 年 3 月第 1 次印刷
标准书号　ISBN 978-7-5722-0833-1
定　　价　49.80 元